魔王に育てられた勇者の息子の俺が、**お姫様の専属騎士**に任命されました。

目次

The man who is the strongest in the devil has been appointed the guardian of the princess.

プロローグ　魔界最強になった途端、人間界に強制送還されました。

——ドガアアアアアアアアアアアアアアアアアン！！！！

世界が崩壊するような轟音が響いた。

勿論、世界は崩壊していないが、魔界に存在する大陸が三つほど消し飛んでいた。

「くっ……わらわに膝を突かせるとはな……」

しかし、その原因を作った戦いも終わりを迎えた。

「お前に認められるくらい、俺は強くなれたか？」

「……うむ。あの幼かった小僧が、わらわを超えるとはな……」

俺の目前で膝を突いていた金髪の幼女が立ち上がった。

そして、楽しそうにニマっと笑う。

ちなみにこの幼女——魔王ルティスは、俺たちの住む魔界で最も偉く、最も国民からの人気があり、最も強いと言われている存在だ。

「魔王継承戦は俺の勝ちでいいのか？」

「問題なかろう。お前の実力は今のわらわを超えた」

魔王継承戦というのは、名前のままに次世代の魔王を決める戦いだ。

継承者候補の中でトップに立った俺は、ルティスに挑む権利を得た。

そして、魔王に挑戦し勝利したというわけだ。

「これで、今日から俺が魔王ってわけだな」

「エクス、それは違うぞ」

「違う？」

「魔界最強の称号はお前のものだ。が——魔王の座は譲らぬ」

「は？」

唐突にこいつ、何を言ってやがるのだろう？

「ちょっと待て！　魔王継承戦の契約《ルール》を忘れたのか？　勝ったほうが魔王になるんじゃないのかよ」

「うむ、その通りだぞ。だが、それは魔族に限ってのことだ」

「は……？」

「お前、魔族じゃないもん」

「え……うううううええええええええええええええええええええっ!?」

おかしな絶叫を上げてしまった。

だが、それくらい衝撃だった。

だって俺は今まで、自分を魔族だと思っていたんだから。

「本当に俺、魔族じゃないの!?」

「うむ、魔族じゃないぞ。お前は人間だ」

「……マジで？」

「マジだぞ」

俺自身も、ルティスが実の親でないことは知っていた。

本人から伝えられていたからな。

だが、十六年間生きてきて……自分が人間であることを伝えられたのは初めてだった。

「ちょ、ちょっと待ってくれ！　だったらなんで魔王継承戦なんてやったんだ!?」

「それな。実は勇者と約束してしまってな」

「勇者……？」

その名称は聞いたことがあった。

伝承によると、魔王と戦い魔界を消滅させかけた化物らしい。

「ルティスは勇者と戦ったことがあるのか？」

「無論だ。伝承の魔王はわらわだからな。だが奴はマジで化物。本気のわらわと互角に戦えるのは、お前を除けば奴くらいだぞ」

ルティスにそこまで言わせるとは……勇者とはどんな恐ろしい怪物なのだろうか？

「だが、勇者の話が俺とどう関係しているんだ？」

「そこがとっても大切なところなのだ。実はな、その勇者がお前の父親だ」

「え……――うううううえええええええええええええええええええええええええっ!?」

本日二度目の絶叫。

俺の父親は化物だったらしいです。

「って――流石に嘘だろルティス!?」

「いや、マジだぞ」

「マジなの!?」

俺を見て、しっかりと頷く。

ルティスの真紅の瞳は、一切揺らいでいなかった。

「今まで黙っていて悪かった。それに関しては素直に謝罪させてくれ。本当にすまぬ。だがなエクス、勇者も恐らく考えあってのことだろう」

「考え……? どんなだ?」

「いや、わらわは知らぬがな」

適当!? この魔王、マジ適当!?

「だがお前の親――勇者と約束しているのだ。魔界最強になった頃に、人間界に送還するとな」

「送還!?」

しかも強制!? せめて選択権をくれよ!?

「とにかく、理由は本人に会って聞け。あいつの事だから、多分生きてる。それじゃあ、今からお前を人間界に送還するぞ」

「え、そ、送還!?　ちょ、ちょっと待て！　俺は人間界の事は何も知らな――」

「行けばきっと、どうにかなる！」

無責任!?　この魔王、マジ無責任!?

「だがなルティス！　この俺が黙って人間界に送還されると思ったら――」

「扉《ゲート》――世界を繋ぐ、扉が開く」

突如――背後から猛烈に吸引された。

慌てて後ろを見ると、ブラックホールが出来ていた。

――ブオオオオオオオン。

半端じゃない吸引力が俺に襲い掛かる。

やばっ、マジでこの吸引力やばっ！

なんとかその場で堪《こら》えようとしても、少しずつ、身体が引き寄せられていく。

「あの戦いの後だってのに、まだこんな力が残ってたのかよ……！」

「それは違う。お前との戦いで魔力を相当失うのはわかっていた。だからこれは――以前から準備しておいたとっておきの仕掛けだ」

にんまりと、悪戯《いたずら》な笑みを浮かべる魔王様。

準備しておいたなどと言うだけあって、この扉《ゲート》からは逃げられそうにない。

「……お前がわらわに勝たなければ、この仕掛けを使うことはなかったのだがな」

言って、ルティスが俺に一歩近づく。

「エクス……」

ルティスの伸ばした手が、俺の頬に優しく触れた。

そして、小さく微笑む。

その顔は笑っているはずなのに、少しだけ寂しそうで……。

「ルティス……」

なんだかこれじゃ、最後の別れみたいじゃないか。

せめて、別れの前に俺も何か――

「えいや！」

「おわっ!?」

押された!?

こいつ、俺を押しやがった。

それが切っ掛けとなり、身体が浮き上がってしまう。

さっきの戦いで力を消費していることもあり、この圧倒的な吸引力に逆らえず。

「じゃあな、間抜けな弟子よ。もし魔界に戻れるようなら、リベンジくらいは受けてやろう」

「っ――このロリババァ!!　次に会った時はマジでリベンジしてやるからなあああぁぁ――」

その言葉が届いたのかもわからぬまま、俺はブラックホールに吸い込まれてしまった。

※

「……エクス、また会える日を楽しみにしているぞ」

魔王ルティスに、リベンジの言葉は届いていた。

血の繋がりはなくとも、育てた弟子との別れがちょっぴり寂しい魔王様である。

「……後でちょっとだけ、人間界に様子を見に行ってみようかな」

開かれたままのブラックホールを見ながら、ルティスはそんなことを言った。

魔界の頂点に君臨する彼女だが、実はかなり過保護であった。

が、そんなルティスの想いをエクスは知る由《よし》もないのである。

※

こうして魔界最強となった少年は人間界に送還された。

彼がその後どんな人生を送るのか――それは、これから語られていくことになるだろう。

第一章　俺、専属騎士《ガーディアン》になります。

「っ——ここは……!?」

扉《ゲート》による送還は一瞬で完了した。

なるほど、ここが人間界か。

だが、おかしいな。

真っ白な雲が、上ではなく下にある。


——ビュ～～～～～～～～～～～～～～～～!!


風を切る音が鼓膜を震わす。

うん、やはり間違いない。

俺は空を飛んでいた。

いや、違う。

正確に言えば落下しているのか。

一面の蒼い空、真っ白な雲――そして、雲を貫くと、やっと地上《せかい》が広がった。

広がっている景色は、どこまでも美しい。

海など青く透き通って見える。

魔界の海など毒沼と同じような色をしていたからな。

何より驚愕なのは、自然が見渡す限りどこまでも広がっていることだ。

森が枯れていないだと!?

人間界の自然は、こんなにも生命力豊かなのか!?

――って、感心してる場合じゃない！

「あのバカ、どこに扉《ゲート》を繋いでやがるっ！」

常識的に考えて、地上からスタートさせろよっ！

（……クソ、ルティスの奴……!!）

今度会ったら、あいつの大好物のハチミツの中身を、大嫌いなドラゴンミルクに替えておいてやるからな！

ドラゴンミルクは臭くてマズい。

これはルティスにとって最高の嫌がらせになるだろう。

ふふん、我ながら最高の嫌がらせを思いついてしまった。

次代の魔王として、天才的なアイディアだ。

（……が、今はそんなことを考えてる場合じゃない）

気付けば地面が見えている。

このまま行けば地面に激突。

流石に俺もそれは痛い。

そろそろ真面目に対処しなくては……この状況を変えられそうな魔法は――

「――重力制御《グラビティ》」

俺は魔法を使い身体にかかる重力を制御していく。

徐々に落下は緩やかになった。

両手を開くと、まるで鳥のように飛んでいる感覚を味わえる。

そして地上に到着。

俺は重力制御を解いた。

「はぁ……やっぱ地上っていいなぁ～」

思わず、地面に足が着いている安心感に浸ってしまった。

「さて、これからどうするか――」

呟いた瞬間、視界の先には薄紅《うすべに》髪の美しい少女が見えた。

その少女は――複数の男に囲まれている。

「離せ！　ボクに触れるな！」

男たちは少女を拘束しようと、その身体に触れる。

少女の凜々《りり》しい表情が不安に歪んだ。

「急げ！　早く拘束しろ！」

「わかってる！　騎士候補たちが来たら面倒だ！」

男たちは全員で五人。

少し様子を窺《うかが》っていたが、穏やかではない。

彼女のことを、俺は全く知らないが……。

『よいか、エクス。女の子には優しくしなくてはダメだぞ。わらわとの約束だ！』

こんな時に、ルティスの言葉を思い出す。

少女の顔が不安に歪んでいる。

男たちに脅えているのだろう。

ならそれだけで――助ける理由は十分にある。

考えながら、俺は一気に距離を詰めた。

「その子を離せ」

「は……？」

男たちは唖然としていた。

「な、なんだこいつ!?　急に現れやがった!?」

急に……？　ああ、そうか。

俺の動きが見えなかったのか。

（……人間って弱いのか？　――って、俺もその人間なんだっけ……）

考えながらも行動を続ける。

まず、少女の肩を押さえていた男の腕を捻り上げた。

「ぐあっ――い、いてえええええええっ」

「て、テメェ、いきなりなにをしやがるっ！」

「まさか、学園の騎士候補生か!?」

騎士候補？　なんだそれは？

「き、キミは……？」

暴漢に襲われていた少女が、目を見開き俺に尋ねる。

「ただの通りすがりだ。お前に確認があるんだが、こいつらは知人か？」

「違うよ……彼らは誘拐犯。ボクを攫《さら》って、身代金を要求しようと考えていたんだと思う」

「みのしろきん？」

「要するに、ボクの親からお金をふんだくってやろうってこと」

「なるほど……それは悪人だな」

他人の物を力ずくで奪うのはいけないこと、そうルティスは言っていた。

「ならこいつら、ぶっ飛ばしちゃっていいか？」

俺が聞くと、彼女は目をパチパチさせた。

そして、

「ぶっ飛ばすって、ふふっ、あはははははっ……！」

「どうした？」

「ご、ごめん……ぶっ飛ばすなんて、真面目な顔で聞かれたことなかったから……」

そんなおかしなことを言っただろうか？

「ガキが一人で何ができるってんだ！　この人数相手にふざけたことを言ってんじゃ――！」

「吠えるな」

「――!?　――!?」

男は驚愕に目を見開いた。

声が出せなくなったことに焦っているようだ。

「何をしたの？」

「魔法で声を封じた。もっと正確に言うと、理《ことわり》を変化させて音の振動を消失させた」

「理……？」

「ま、この話はいいだろ。もう一度確認するが、こいつらぶっ飛ばしちゃっていいんだよな？」

碧《あお》い瞳を見つめると、少女は力強く頷いた。

「うん！　懲らしめてあげてよ」

「わかった」

懲らしめる……か。

手加減って難しいんだよな。

だからとりあえず、

「ふっ！」

俺は息を吹きかけた。

瞬間――

「!?　あばあああああああああああああああっ!?」

誘拐犯の一人が、猛烈な勢いで空の彼方へぶっ飛んでいく。

この光景をたとえるなら、天翔けるおっさんとでも名付けるのがぴったりだろう。

「え!?　ぶっ飛ばすってそういう意味なの!?」

この少女、中々いい突っ込みをするな。

だが、ぶっ飛ばすと言った以上、どんどんぶっ飛んでもらわないとな。

「なっ!?　貴様！　騎士ではなく魔術師だったか!?」

「どっちでもない」

襟首を摑《つか》む。

そして真上に投げる。

「は!?　ひいいいいいいいいいいいいいいいいいいいっ!?」

お～～～こっちも空高く飛んでいくなぁ……。

「た、たすけてくれえええええええええええっ!?」

「わかった。助けてやる」

このまま落下して死んでしまわないように、しっかりと重力制御《グラビティ》を掛けてやった。

「ひ、ひいいいいいいっ……って、あ、た、助かっ……うえええええええええっ!?」

だが、地面に近付いたと同時に、重力の向きを変えてやる。

再び空高く浮かび上がる。

そしてまた重力の向きを変える。

「ひ、ひひゃあああああああああっ、ふおおおおおおっ!?」

浮上と落下を繰り返す。

名付けて——無限の落跳《らくちょう》。

（……我ながら、恐ろしい技を考えてしまった）

後でルティスにも掛けてやったら面白そうだ。

ふふん、これは面白くなるぞ。

「こ、こいつ——ば、ばけものだあああああああああっ!?」

「ば、バケモッ!?　お前らひどいぞ！」

男たちが恐怖に震えて逃げて行く。

生まれて初めて化物と呼ばれた。

育ての親にだって言われたことないのに……。

そもそも、魔界で言う化物は人間界の勇者のことだ。

いや、だが待てよ？

勇者は俺の親だから、そうなると俺は化物の子!?

うわぁ……なんだか地味にショックだ。

これはあれか？

この暴漢たちの精神攻撃なのか？

だったら効果は抜群だったぞ！

しかし、お陰で俺の怒りのボルテージも急上昇だ。

「もう面倒だ。お前ら――まとめてぶっ飛ばす!!」

逃げていく男たちの足元に竜巻を発生させた。

「「「ぎゃあああああああああああっ!?」」」

暴風の中、ぐるぐると回転するおっさんたち。

名付けて――おっさんタイフーン!!

本来は風の刃を発生させて、竜巻の中で対象を切り刻む魔法なのだが、今回は刃はなし。

ちょっとした遊具のような楽しみ方ができる魔法となった。

やり過ぎるととんでもなく目が回るだろうから、適当な頃合いで解放してやろう。

「さて……とりあえず、全員ぶっ飛ばしたぞ」

約束を果たし、俺は少女に目を向けた。

「……キミ、何者なの？」

「俺か……？」

何者？

そうだな、俺は何者なのだろうか？

魔王に育てられた勇者の息子……とでも答えるべきなのだろうか？

いや、勇者なんて言ったら、また化物扱いされるかもしれない。

だから、

「俺は――魔界最強かな？」

少し前に手に入れた称号を口にした。

だがその称号を聞くと、少女はポカーンとした顔を浮かべて、

「魔界……？　ふ、ふふふっ、キミ、本当に面白いな！」

「お、面白い!?」

勇者のような化物がいる人間界にとって、魔界最強程度では面白い存在という認識なのか!?

人間界はやはり、恐ろしい場所のようだ。

魔界には、化物と言われるほど恐ろしい生物はいないからなぁ。

ケルベルロスやコカトリスはペット用の魔物だし……空を飛び交うドラゴンたちは気の優しい奴らだ。

寒い日は、ドラゴンのブレスに当たると温かいんだよなぁ……。

(……はっ!?　もしかして俺は今、ホームシックになっているのか!?)

って、そんな繊細じゃないか。

俺が自分に言い聞かせたところで、

「ねぇ、キミ。名前はなんて言うの？」

少女が俺の顔を覗《のぞ》き込む。

整った顔立ち――真っ白で綺麗な肌は雪のようだった。

見たところ、年齢は俺と同じくらいだろうか？

「俺はエクスだ。お前は？」

尋ねると、少女はその場でくるりと軽やかに一回転。

そして頭を下げ、両手でスカートの裾《すそ》を摑みくいっと持ち上げて礼をした。

「エクス、助けてくれてありがとう。ボクはフィリス。フィリス・フィア・フィナーリア」

「なるほど。略してフィフィフィだな」

「フィフィフィ……？　そういう愛称？　みたいなのは、初めて付けてもらったな」

愛称と思って言ったわけではないが、少女は満足そうにうんうんと頷く。

そして俺の顔をマジマジと見た。

「……うん。キミならいいかも！　ねぇ、エクス――ボクの専属騎士《ガーディアン》になってよ」

「がーでぃあん？　それが何かは知らないが無理だ。俺にはやることが――」

「だ～め」

フィリスが俺を抱きしめる。

逃がさない……と、態度で表しているようだ。

そして、彼女は背伸びをして俺の耳に顔を近付けると、

「拒否権はないよ」

妖しく囁《ささや》いた。

「……尋ねておいて拒否権なしか？　一応、俺はこれから、親を訪ねて三千里をする予定なんだが？」

「親を訪ねて？　なんだか事情がありそうだけど……予定なんだね？」

「まぁ……予定だな。何をどうしたらいいのかも迷っている状態だ」

フィリスは離れると、下から上に俺の姿を観察する。

その眼差しは、まるで値踏みをするようだった。

「……エクス、お金は持っているのかな？」

「ないな」

そう。

俺は今、完全な文無し。

何せ魔界からいきなり人間界に送還されたからな。

金どころか、アイテムの一つも持ってない。

そもそも、勇者を探せと言われたが……。

（……本当に生きているのだろうか？）

ルティスは、『多分生きてる』とか言ってたが……。

「キミはボクと同い年くらいだよね？　見たところ冒険者とか旅人とか、そんな感じでしょ？」

どれも違う。

いや、親を探しているから旅人でいいのか？

とりあえず頷いておこう。

「生きていくには何かとお金が掛かるよ？　宿を借りたりするのもそうだし、入国料とか通行料とか掛かる場所もあるんだ」

その辺りは魔界と同じか。

人間界と魔界、全てが違うというわけではないようだ。

「ま、なんとかなるさ」

「本当？　お金がないと色々と不便だと思うよ？」

「そりゃあ、ないよりはある方がいいと思うが……」

「誤解がないように伝えておくけど、キミがご家族を探すのを止めたいわけじゃないよ。それはキミにとって大切なことだと思う」

フィリスは俺を見つめ、自分の考えを話し出した。

「でも、専属騎士――ガーディアンになれば、お金が貰える。それに、住む場所や食事も提供されるんだ」

「金、住処、食事!?」

それって超重要じゃん!?

「うん！　衣食住！　生活環境完備！　しかもお金も稼げちゃう！　休暇もちゃ～んとあるんだ

よ！　こんないい条件の仕事なら、ご家族を探す上で役立つものだと思わない？」

「やる！　俺、専属騎士《ガーディアン》になるぞ！」

あれ？　俺、勢いのまま何を言ってんだ？

でも……衣食住って重要だよな。

どうせ暫《しばら》くはこっちで生活しないといけないわけだし。

「そう言ってくれると思ってた！　なら約束——今日からキミがボクの専属騎士《ガーディアン》。ボクのこと……ちゃんと守ってよ」

「ああ、約束だ！」

笑顔の花を咲かせる少女に、俺はしっかりと頷く。

あれ？　でも待てよ？

専属騎士《ガーディアン》って結局、何をする仕事なんだ？

一番大切な話を聞かぬまま、俺は彼女とある場所へ向かうことになった。

※

見上げても天辺《てっぺん》が見えない。

そんなドデカい建物が、視界の先にあった。

「ここはお前の家なのか？」

「違うよ。ここはベルセリア。聞いたことくらいはあるでしょ？　王侯貴族のお嬢様が通う学園——そして同時に、専属騎士《ガーディアン》の養成機関でもある場所さ」

全く聞いたことがない。

だが、学園については知っている。

魔界には義務教育が十五歳まであり、その期間に『強さ』を学ぶ。

多分、人間界も似たようなものだろう。

「で、もしかして……なんだが、俺はここに通うのか？」

「そうだよ」

あ～……やっぱりそうなの？

メリットはないように思うが……いや、待てよ……。

ここに通えば『人間界流の強さ』が学べるのではないだろうか？

もしそうなら、俺はさらなる強さを手に入れることができる。

（……悪くないかもしれないな）

人間界には勇者を始め、恐ろしい化物が大勢いるかもしれない。

そいつらと戦闘になっても負けるつもりはない。が、自分の力を過信するのは良くないだろう。

少なくとも勇者は、ルティスと互角以上の力を持っているらしいから、油断できる相手じゃない。

ならば、より強くなる為の努力が必要になるだろう。

（……そもそも勇者は、なぜ俺を人間界に送還させたんだろうか？）

もしかしてあれか？

魔界最強ＶＳ人間界最強でもやろうってのか？

頂上決戦をしようってんなら望むところだ！

勇者をぶっ倒すことで、俺が真の最強になってやろうじゃないか。

「エクス、行くよ」

「ああ」

俺はフィリスに手を引かれ、学園の中に入った——その時だった。

「フィリス様～～～～!!」

学園の入口から、一目散にこちらに向かって来るメイド服の少女が見えた。

フィリスの名前を呼んでいる事を考えると、彼女の知り合いだろうか？

だが、どうして学園にメイドがいるのだろう？

「ニア……そんなに慌ててどうしたの？」

「どうしたではありません！　お部屋にいらっしゃらないのでどうしたのかと思い、学園中を探し回っていたのですよ！」

ニアと呼ばれたメイドは、今にも泣き出しそうだった。

「あはは、心配掛けちゃったね。ちょっと外の風に当たりたくてさ……」

「どこかに行かれるなら、せめて、わたくしに一言掛けてください」

「本当にごめん。だけどほら、この通り大丈夫だから！」

「ご無事で何よりです……が、あのフィリス様、そちらの方は……？」

メイドが俺を見た。

その眼差しに含まれるのは疑惑と敵意。

だが、その誤解は一瞬で解けることになる。

「彼はエクス。今日からボクの専属騎士《ガーディアン》になってもらうから」

「そうですか……って、えっ!?　フィリス様、ついに専属騎士《ガーディアン》をお決めになったのですか!?」

なぜかニアは大興奮だった。

そして尊敬の眼差しを俺に向ける。

「エクス様！　どうかフィリス様をよろしくお願いいたします！」

ニアは俺の手をギュッと握ってきた。

その真剣な表情から、彼女がフィリスのことを、とても大切に思っていることが伝わってくる。

「任せろ」

「ありがとうございま――」

「――と、言いたいところなんだが、フィーに聞きたいことがある」

「フィー!?　まさかそれはフィリス様のことですか!?　もう愛称でお呼びする仲になられているなんて!?」

フィフィが少し言い辛かったので、俺はフィーと呼ばせてもらうことにしたのだ。

「ニア、落ち着いてよ。……それでエクス、どうかしたの？」

「専属騎士《ガーディアン》の仕事について確認したい」

「簡単さ。ボクを守ってくれればいいんだよ」

「それはわかってる。自分を守って欲しいと、お前は言ったからな」

何より名前がガーディアンだ。

元々は、守護者という意味で使われる言葉だったと記憶している。

「それ以外の仕事だと、さっき話したことかな。学園に通い学ぶことになる。一日八時間の授業で週五日、エクスにやってもらうことはこれくらいかな。週休二日制で給料は月末支給だよ」

なるほど……だいたいは魔族の学園と変わらないな。

大きな違いとしては、義務教育では給料が出なかったことだ。

学びながら金が貰えるなら悪くない。

「わかった。では正式な契約をするか」

「うん！　その為にも、今から学園長室に行くよ。早くしないと授業に遅れちゃうからね」

フィーに手を引かれ、俺は学園長室に向かった。

※

「学園長、入るよ」

フィーはノックもせずに扉を開いた。

人間界のマナーとしては、ノックは不要なのだろうか？

「んなっ!?　ふぃ、フィリス様！　入るならノックくらいしてくださいっ！」

どうやら、ノックは必要だったらしい。

扉の中では、スラックスを穿《は》いている最中のおっさんがいた。

現状、パンツ丸見えである。

もしかしてこの人が……。

「学園長の下着姿なんて気にもしないよ」

「オレが気にするんです！　ニア、キミからも注意してくれ！」

「この程度のことで、わたくしがフィリス様に注意など恐れ多いです」

「はぁ……全く、少しは恥じらいを持ってください」

それには同意するぞ学園長。

魔界の女の子であれば、恥じらいながら理不尽な一撃を喰らわせてくることだろう。

人間界の女の子は、魔界と比べて優しく穏やかな気がする。

やはり環境の差なのだろうか？

「と、とりあえずズボンを……」

そう言って、おっさんはスラックスを引き上げた。

しかしこの人、思ったよりも若いな。

学園長というから、もっと髭面《ひげづら》の爺さんをイメージしていた。

まぁ、見た目で実力は判断できないか。

ルティスのように、見た目はロリだが魔王みたいな奴もいるわけだしな。

「それでさ学園長、ボク――専属騎士《ガーディアン》を決めたから」

フィーは軽いノリで学園長に伝えた。

すると、

「はぁ……そうですか――って、なんですと!? ついにお決めになったのですか!?」

ニアに続き、学園長も驚愕していた。

なんでさっきから、そんなに驚かれているのだろうか？

「うん、紹介するよ。ボクの専属騎士《ガーディアン》になるエクスだ」

学園長の鋭い眼差しが俺に向いた。

「ふむ……。なるほど、この者が……面構えは悪くありませんが……しかしフィリス様、見たところ彼は、この学園の生徒ではありませんね？」

「そうだよ」

「ではフィリス様のお知り合いで？ 身分はどのような……？」

「さぁ？」

「さぁ？ って、フィリス様、ふざけておられるのですか！」

「本当に知らないんだよ。エクスとはさっき会ったばかりだからね」

「さっき!? そんな人物を専属騎士《ガーディアン》に任命されたのですか!?」

「うん。エクスは命懸けでボクを守ってくれたんだ。すっごく強いし、うちの騎士候補生たちと比べたら一番だと思うよ」

「守った……ということは、フィリス様、まさかあなたは――!?」

「あ～、余計なことまで言っちゃったかな。……実はさっき……外に出たら誘拐されそうになっちゃった」

てへ。と、惚《とぼ》けて見せるフィーに、学園長は頭を抱えた。

だが、学園長以上にショックを受けていたのはニアだ。

「フィリス様！　今のは聞き捨てなりません！　誘拐!?　誘拐されそうになったと!?」

「無事だったんだから別にいいでしょ?」

「過程に問題があります！　学園長！　今後のリスクを考えるなら、ここでエクス様をなんとしてもフィリス様の専属騎士《ガーディアン》にするべきです！」

強く進言するニア。

むむ……と、学園長は頭を抱えている。

「……今まで専属騎士《ガーディアン》を拒んでいたフィリス様が、自ら望まれたというのは大きい。しかし……疑うようで申し訳ないが、この者が信頼に足る人物なのかはまだ計り兼ねる。フィリス様に近付く為に計略を巡らしているとも限らないからな」

「エクスは信用できるよ。出自や身分は知らないけど、あの場でボクを助けてくれたんだから」

「ですが……身分と実力を兼ね備えた信頼できる専属騎士《ガーディアン》候補なら他にもおります！」

「ボク、エクス以外の専属騎士《ガーディアン》は付けないからね。それに学園内の騎士見習いたちは、誰一人として信用も信頼もできないよ」

フィリスは自分の決意が固いことを伝えた。

再び学園長の眼差しが俺に向く。

「……エクス、オレは君《きみ》を信用してもいいのか？」

「フィーを守ればいいんだろ？　その約束は必ず果たす」

俺は学園長から目を逸らすことなく答えた。

「……嘘を吐いている者の目ではない、か」

「学園長が気にしてるのは、俺の身分と実力なんだよな？」

「うむ……そうだ。実力は勿論だが、気になるのは君の出自だ。身元を保証できるようなものはあるか？」

「ないぞ。こっちには知り合い一人いないんだ」

「は……？」

気の抜けた声を漏らす学園長。

こいつ、何を言ってるんだ？　と言う目で俺を見ている。

「まぁ……魔王に育てられたから、家柄は悪くないと思うな」

「あのな……オレは真面目な話をしているんだ。くだらない冗談はやめろ！」

事実だが、信じてもらえる気配はない。

そうなると他に俺の出自を証明できそうな事は……。

「あ、そうだ。……学園長は、勇者について何か知ってるか？」

「唐突になんだ？　オレは歴史の担当教師ではないが？」

「俺の出自を説明するのに必要なんだ。何か知ってるなら話してくれ」

「なら、ボクが教えてあげるよ。勇者って言うのは人族と魔族の戦争を終焉《しゅうえん》に導いた存在——要するに英雄だよ」

学園長の代わりに、フィーが答えてくれた。

「英雄……？　つまり偉いのか？」

「望むなら間違いなく、爵位は与えられるだろうね。ただ、勇者の消息については詳しくは語られていない」

「生死不明ってわけか……」

勇者《おやじ》の情報を得られると思ったが、そう上手くはいかないか。

「あの、エクス様。なぜ今、勇者について聞かれたのですか？」

ニアは俺の発言の意図を計り兼ねているようだった。

「ああ。実は俺、勇者の息子らしい」

「……なるほど……——って、はあああああああ!?」

「ゆ、勇者の息子!?」

学園長とニアは声を重ねて驚愕した。

「ふふっ。さっきは魔界最強って言ってたのに、今度は勇者の息子って……本当にキミは面白い人だね」

「嘘じゃないぞ。俺は嘘は吐かない」

「……うん。なぜかわからないけど、エクスの言葉は嘘に思えない」

俺の瞳を見つめ、フィーは優しい笑みを浮かべる。

この中で、俺の言葉を信じてくれているのはフィーだけだろう。

「もし勇者の居場所がわかったら、出自が証明できたんだがな」

「……ならば、簡単に証明する方法があるぞ？」

思いがけない一言を放ったのは、さっきから俺を怪しんでいる学園長だった。

「勇者の血族ならば『選定の剣』を抜くことができるはずだ」

「選定の剣……なんだそれは？」

「勇者の血族のみが抜けると言われる特別な剣だ。ここから先にある『選定の洞窟』の最奥に、その剣は存在する」

「それを抜いてきたら、俺をフィーの専属騎士《ガーディアン》と認めてくれるんだな？」

「勿論だ。選定の剣を抜ける勇者の血族であれば、フィリス様の専属騎士《ガーディアン》としても申し分ない」

はっきりと言質《げんち》は取った。

ならば後は剣を抜いてくるだけだ。

「わかった。なら――直ぐに行ってくる」

「あ――エクス、待って」

早速向かおうとした俺の袖を、フィーが掴んだ。

「ボクも連れてってよ。剣を抜いた見届け人が必要になるだろ？　それに、学園にいるよりは面白そうだ」

ニコッと微笑を浮かべて、フィーが俺を見つめる。

その瞳は、これから起こることへの期待に煌《きら》めいていた。

「わかった！　どこへなりともだ！」

俺はフィーを抱きかかえる。

「ちょ――お、お待ちくださいフィリス様！」

「フィリス様、今外に出られては授業に間に合いません！」

二人は大慌てで扉を防ぐ。

だが何も問題ない。

「じゃあ、行くぞ――」

「うん！」

俺は学園長室の窓まで走り、フィーを抱いた状態で跳躍した。

「んなっ!?　ここを何階だと思っている!?」

「フィリス様!?　まさか、そんな……!?」

俺の行動にニアと学園長は仰天した。

唐突に、俺が自殺でもしたと思ったのかもしれない。

だが、

「――フィー、空を飛んだことはあるか？」

俺は重力制御《グラビティ》を使っていた。

重力の方向を調整しながら、風を切り空を舞う。

「うわぁ～！　すごい……！　ボクたち、飛んでるんだ……！」

普段は見ることもできないような高さから見渡す景色に、フィーは感心したような声を上げた。

自然豊かな美しい大陸を、太陽が燗々《らんらん》と照らす。

「……なんだか……自分が住んでいる世界じゃないみたい。まるで違って見えるのはどうしてだろう？」

フィーは穏やかな声音で囁くと、

「エクスと一緒に、見ているからなのかな？」

景色を見ていた視線を俺に移し、そんなことを尋ねてきた。

柔らかな笑みを浮かべる彼女の頬は少しだけ熱っぽくなっている。

「……それはどうかわからないが……。空から眺める景色も悪くないだろ？」

「うん！　ボク、気に入っちゃった。また見せてくれるかい？」

「勿論だ」

そして俺たちは『選定の洞窟』に到着するまでの間、空の旅を続けたのだった。

※

「……ここが選定の洞窟か」

洞窟の周囲には苔が広がっている。

外から軽く覗いてみたが、中は暗く何も見えず、入口は狭く、人が二人並んで入るのがやっとだ。

「ボクも入るのは初めてだから、少し楽しみだな。盗賊の住処になっていたりしてね」

「盗賊と言うより、俺はゴブリンでも出てきそうだと思ったな」

「ゴブリンか……。人間界と魔界が切り離されてから、魔物はあまり見かけなくなったって聞くけど、エクスは見たことがあるの？」

「あるぞ。数としては少なかったけどな」

魔界は弱肉強食の世界だが、ゴブリン族は繁殖能力が強い為、弱くても種族が完全に途絶えることはなかった。

「へぇ……そうなんだ。地域によってはまだいるんだね。どういうモンスターなの？」

「う～ん……？　俺が知ってる奴は、子供みたいに小さくて、力も弱かったな」

話しながら、昔あった出来事を思い出した。

子供の頃に、魔界の友人たちと魔王ごっこをしていた時、たまたま一匹のゴブリンを見掛けたことがあった。

そいつは目が合った途端、涙目で震えだした。

俺たちには勝てないことを、本能的に察したのだ。

『にぃに……あのゴブさん、ふるえてる。……どうして？』

『リリーたちに、イジメられると思ったのかもしれませんね』

『おい、弱虫ゴブリン！　そんなことでどうするのだ！　なさけないヤツは見ていられん！　エクスよ、こいつオレ様たちで強くしてやろう！』

本来なら情けを掛けるべきではないが、自分の弱さに震えるゴブリンを見て、俺たちは助けたい……と思ってしまったのだ。

ほら、捨てケルベロスを拾いたくなったりするだろ？

あれと同じで情に流されてしまったというか……。

まぁ、とにかく、俺たちはそのゴブリンを鍛え上げた。

弱肉強食の世界で生き抜くには強くなるしかない。

振り返ると、あれは正にゴブリンの英才教育だった。

一年ほどの訓練で、そいつはドラゴンを軽く屠《ほふ》れるくらいの力を手に入れ、なんとかやっていけている。

（……懐かしいなぁ、ゴブ丸。それにあいつら……俺が人間界にいるって知ったらどんな顔をするだろう？）

強制的に人間界に送還されたから、挨拶一つできなかったからな。

「エクス、どうしたの？　何か考え事？」

「ああ、すまない。友達のことを思い出してた」

「友達？　そっか……エクスには友達がいるんだね」

「フィーはいないのか？」

「うん。残念なことにね」

言って苦笑を浮かべるフィー。

その表情は少しだけ寂しそうだった。

何か事情があるのだろうか？

「だったら、俺が最初の友達だな」

「……エクスはボクの専属騎士《ガーディアン》だから、友達とはちょっと違うかな」

「専属騎士《ガーディアン》は友達になっちゃいけないのか？」

「そういうわけじゃないよ。でも……ボクは友達はいらないんだ」

迷いのある口振りだった。

どうしてそんなことを言うのかはわからないが、本心でないように思える。

「エクス、早く入ろうよ」

話を逸らしたいのか、フィーが言った。

これ以上は踏み込まないで欲しいという合図だろう。

「わかった。でも、先頭は俺だからな」

「うん、エスコートはお願いするね。でも、真っ暗だけど大丈夫かな……？」

「問題ない」

その発言と同時に、俺は燈火《ランプライト》という魔法を使用した。

すると、手持ちランプのような形状の物体が生まれて宙を舞う。

「へぇ……見たことがない魔法だな。光の初級魔法、光球《ライト》と似てるよ」

「光球《ライト》？　俺はその魔法を知らないな」

「地方によって、伝えられている魔法が違うのかもね」

俺は頷き、フィーの言葉を肯定した。

魔法の数は膨大で、魔界にあるものだけでも、数億種類は存在するらしい。

あの魔王ルティスですら、その全てをマスターしているわけではないと言っていた。

ちなみに俺は、だいたい三十万種類ほどの魔法が使える。

これは俺の適性に合わせて、使い勝手のいい力と、切り札となる強力な力を、最も効率良く学ばせた結果の数字……とルティスが言っていた。

『適性のない魔法を学んでいる時間は無駄だ。お前は、わらわの知識を引き継げばよい』

こんな方針で育てられた為、俺は適性皆無と判断された治癒魔法は一切学んでいない。

「準備も整った。行くとしよう」

「ちょっとした冒険だね。わくわくしちゃう！」

選定の洞窟に入る。

緊張感のない冒険ではあるが、それでもフィーは楽しそうだった。

※

燈火《ランプライト》が洞窟の闇を払う。

洞窟の中はお世辞にも綺麗とは言えない。

中は思っていたよりも広いが、岩壁や地面には苔が生えている。

選定の剣なんて大層な物があると聞いているが、あまり神聖な感じはない。

「本当にここに、選定の剣があるのか？」

「それは間違いないよ。勇者たちは役目を終えると、選定の洞窟の最奥に突き刺す。ここまでが伝承として語られているんだ」

洞窟を進みながら、フィーは続けて選定の剣について説明してくれた。

「それに、ここには騎士見習いたちがやってくるんだよ。我こそは次代の勇者だとばかりに、選定の剣を抜くことに挑戦する。でも……もう随分と長い間、剣は抜かれていないんだってさ」

「……だから、勇者の血族しか抜けないなんて噂が広まったわけだ」

魔界ではしゃべったり、勝手に動き出す剣を見てきたが、人間界も負けず劣らずだな。

「後は、勇者が持つことで最強の武器にもなると言われてる。そして、役目を終えると力を失い、次代の勇者の訪れを待つんだって」

「最強の武器とか、勇者を待ってるとか……にわかには信じられないが……」

首を傾げる俺にフィーは苦笑する。

「伝承って御伽噺《おとぎばなし》みたいなものだからね。でも、誰も剣を抜けないって話は本当だよ」

本当におかしな話だ。

たとえどれだけ深く刺さっていようと、無理に抜くことはできるはずだが……。

(――はっ!?)

俺は一つの可能性に思い当たった。

勇者のことを尋ねれば、恐らく多くの人間は選定の剣の話をする。

すると俺は必然的にこの洞窟に導かれるだろう。

それを計算した上で、勇者《おやじ》は、剣が抜けないよう細工をしてるんじゃないか?

抜けるものなら抜いてみろ!

そんな、勇者からの挑戦状に違いない!

(……面白いじゃないか!)

どんな仕掛けがあろうと突破してやる!

「ふふ、ふふふふふ――」

「エクス、なんだか楽しそうだね?」

「ああ。フィー、俺は選定の剣を絶対に抜いてみせるからな!」

「え……? そ、それって……絶対にボクの専属騎士《ガーディアン》になりたいって意味……なのかな?」

フィーがぽっと頬を赤らめた。

そして、期待と困惑が混ざったような眼差しを俺に向ける。

「うん？　勿論、その為にも必ず剣を抜くが――って……うん？」

洞窟の奥に、眩《まぶ》しいくらいの光が見えた。

あの輝き方は、自然の光ではない。

燈火《ランプライト》と同じく、魔法による光だ。

「あれは……？」

「誰かいるみたいだね……」

まさか勇者が待ち構えているのか？

だが強力な気配は感じない……あるのは、小さな弱々しい気配だが、力をコントロールし油断を誘うような策士もいる。

気配のみで相手の強さを判断すべきではないだろう。

「フィー、俺から離れないでくれ。あそこにいる奴は、とんでもない化物の可能性がある」

「化物……？　もしかして本当に魔物がいるの？」

「いや、多分いるのは『魔王』以上の化物だ」

「そんな奴がこの選定の洞窟にいるんだ。なら、早速行く」

あれ？　全く怖がってない？

寧《むし》ろ、好奇心旺盛《おうせい》な様子でワクワクしている。

「怖くないのか？」

「怖がる必要あるの？」

言ったフィーが微笑む。

彼女の目は、何があっても守ってくれるんでしょ？　と語っていた。

まだ出会って間もない俺を、フィーは信じてくれている。

なら、

「――ないな。お前の専属騎士《ガーディアン》は最強だ」

その信頼には結果で応えよう。

決意を固め先に進む。

「ふん！　ふ～～～～～～～ん！」

すると、変な声が聞こえてきた。

女性のものだ。

もしかして、あそこにいるのは勇者じゃないのか？

「エクス、女の子みたいだけど……？」

「そのようだな」

さらに近付くと、白い甲冑《かっちゅう》に身を包んだ女性が目に入った。

銀髪を振り乱しながら、その女はバタバタしている。

「くっ……ど、どうして、なぜだ！」

どうやら、何かに悪戦苦闘中のようだ。

「ふ〜〜〜〜ん！　ぬううううっ！　にゃああああっ！」

すごい叫び声だ。

「ふしゃああああっ〜〜〜〜〜!!」

これは大山猫《リュンクス》の威嚇《いかく》に似ているな。

「……エクス、どうやら猫がいるみたいよ」

「そうだな。化物じゃなく、大山猫《リュンクス》がいたな」

俺とフィーは、その女の奇怪な行動を眺めながら、暫く観察を続けた。

「ど、どうして抜けないんだ！　抜きたい！　頼む、私に抜かせてくれ！」

抜く？　この女騎士、もしかして選定の剣を抜くつもりなのか？

「ふにゅうううううう！」

「おい、あんた」

力いっぱい、女騎士が何かを引っ張ったのと、俺が話しかけたのは同時だった。

「え……ひやあああああああああっ!?」

振り向いた瞬間、手が滑ったのだろう。

引っ張っていた物がなくなった為、物凄い勢いで、ゴロゴロゴロゴロ〜〜〜〜〜と、俺たちの立つ場所まで転がって来た。

「……う、ううう……」

「だ、大丈夫か？」

痛そうに顔を顰《しか》める銀髪の女が心配になり、俺は声を掛けて手を差し出そうとした。

が、直ぐに目を逸らす。

銀髪の少女は、ひっくり返った拍子にスカートが捲《めく》れて、下着が丸出しになっていたのだ。

「……純白の女騎士君は、レースの黒い下着か。見た目に反して大胆だね」

「え……ふ、ふにゃあああああああ!?　み、見るんじゃない！」

指摘されて、女騎士は慌てて下着を隠した。

そんなせわしい女性を、フィーは見つめる。

「……キミ、学園で見たことがあるな。ベルセリアの騎士候補だよね？」

「え……？　はっ!?　はわっ、はわわわわわわわわっ！　あなた様は、フィリス様ではありませんか!?」

きょとん……とした顔を見せた直後——女騎士は目を見開き、大急ぎで膝を突いた。

「……キミ、名前は？　こんなところで何をしているの？」

「わ、私は、ティルクと申します！　こ、ここに来た理由は……」

答えにくいのか、女騎士は顔を顰める。

一体、何をやっていたのだろうか？

疑問に思った俺は、さっきまでティルクが立っていた場所に目を向けた。

「……あれは？」

地面に突き刺さる一本の剣。

多分、あれが選定の剣だろう。

聞いていたほど強力な力は感じないが、不思議なほどに目を引き付けられる。

何故だろう？

どこか、懐かしい感じがした。

俺が勇者の息子だからなのか？

「お前、選定の剣を抜こうとしていたのか？」

「うぐっ……なぜバレた!?」

「いや、一目瞭然だろ」

こいつはもしかして、おバカさんなのかな？

「ぐっ……なんだその目！　貴様も私のこと、おバカさんなのか？　とか思ってるんだろ！」

「おお！　凄いな、心が読めるのか？」

「うあああ、やっぱりか!?」

自分で言っておいて、涙目になって――いや、しくしく泣き出していた。

「はぁ……なんだか騒がしい子だな。この際、なぜ選定の剣を抜こうとしていたのかは聞かないよ」

だいたい想像も付くからね……とフィーは小声で口にした。

彼女もまた、我こそは！　……と、選定の剣を抜きに来た騎士生徒の一人なのだろう。

結果は見ての通り惨敗というわけだ。

「それよりキミ、戻った方がいいんじゃない？　このままだと授業に遅刻するよ？」

「はっ!?　もうそんな時間ですか!?　選定の剣を抜くことに夢中で忘れていました。あの……フィリス様は……？」

「ボクは、彼が選定の剣を抜くのを見届けてから戻るよ」

フィーに目を向けられ、俺は歩き出し選定の剣の前に立った。

見たところ……何か仕掛けがあるようにも見えないし、特殊な魔力の波動も感じない。

これなら正直、簡単に抜けそうだ。

「フィリス様……あの者は誰なのです？　学園では見掛けたことがない生徒ですが……」

「なんでも、魔界最強で勇者の息子らしいよ」

「ゆ、勇者!?」

背後からフィーとティルクの会話が聞こえてきた。

あまり待たせるのも悪いな。

俺は剣の柄に触れた。

そして、ゆっくりと力を込めて手を引く。

「……抜けないな」

もっと、楽に抜けると思っていたのだが……。

「なんだ！　抜けないではないか！　勇者の息子などと嘘を吐いたのか？」

「まぁ……待てよ。少し――本気出すからさ」

俺はほんの少しだけ、『力』を解放することにした。

ルティスとの戦いでかなり消耗している事もあり、全力にはほど遠いが――俺はその状態で剣の柄を持ち、思い切り引っ張った。

「よっ――っと！」

瞬間――ボガ～～～～～～～～～～～～～～～～～～～～ン!!

強烈な爆音と共に、俺は選定の剣を引き抜いていた。

「え――ふえええええええええええええええええっ!?」

世界の終焉を見たような顔で、ティルクは俺が引き抜いた選定の剣を見ていた。

だから驚くのも無理はない。

地割れでも起こったかのように亀裂が走り、剣を抜いたところには大穴が開いていた。

「あはっ、あはははっ！　もう最高！　本当に選定の剣を抜いちゃうなんて！　やっぱり、エクスは面白いなぁ！」

「ふぃ、フィリス様、この者は本当に勇者の……？」

「選定の剣を引き抜いたんだ。彼は間違いなく勇者の血族であり、次代の勇者だよ」

「ほ、本当の……勇者？」

あまりにも動揺しているのか、ティルクは声が震えていた。

同時に高揚感でも感じているのか顔が赤い。

「あ、それと――さっき言い忘れていたことがあるよ。彼は魔界最強で、勇者の息子で――それと、今日からボクの専属騎士《ガーディアン》になったから」

「なるほど……フィリス様の専属騎士《ガーディアン》――って――え、ふえええええええええええええっ!?　ふぃ、フィリス様、専属騎士《ガーディアン》を選ばれたのですか!?」

洞窟の中で、ティルクの声が木霊となり反響する。

選定の剣を抜いたことで入学試験はクリア。

俺がフィーの正式な専属騎士《ガーディアン》になる事が決定した。

「今日からよろしくね、ボクの専属騎士《ガーディアン》」

「ああ、任せろ」

満足そうに微笑むフィーの目を見て、俺はしっかりと頷き返したのだった。

第二章　騎士学園での生活

選定の洞窟から出た後。

重力制御《グラビティ》による跳躍で、俺たちはサクッと学園に戻って来た。

すると学園の庭園に目立つ格好の少女が一人。

「あ、ニア」

「フィリス様～～～～～～～～～!!」

ニアが俺たちを見つけると、猛烈ダッシュでフィーに迫ってきた。

少し前にも見た光景だ。

「ご無事で、ご無事で何よりです！　お怪我はございませんか!?」

「ニアはいつも、ボクを心配しすぎだよ。それに、今回は行き先も伝えたでしょ？」

「ならば、わたくしもお供させてくださいませ！　エクス様も、まさか窓から飛び出されるなんて！」

「安心しろニア！　あの程度は朝飯前だ！」

「あれで朝飯前なら、わたくしは近いうち気絶してしまいます……！」

はぁ……と、ニアは大きく息を吐く。

それは、安堵と溜息が混じっていた。

「……ところでフィリス様……そちらのエクス様が背おわれている女性は……？」

現在、俺の背にはティルクがおぶさっていた。

しかも、心地よさそうにすやすやと眠っている。

「学園の騎士見習いだよ。選定の洞窟にいて……実は、さっき気絶しちゃったんだ」

「き、気絶……ですか？」

「エクスが抜いた選定の剣を間近で見て、気が動転しちゃったみたい」

そう――剣を抜いて直ぐ、ティルクから選定の剣を見せてほしいと頼まれた。

拒否する理由もない為、剣を間近で見せたのだが……。

『こ、これが選定の剣――勇者の剣……しゅ、しゅごい……しゅごしゅぎる～～～！　はうっ……』

興奮し過ぎたのか、その場でバターンと気絶してしまった。

一人にはしておけない為、おぶって連れ帰ってきたが、今は気持ちよさそうに俺の背中ですやすや眠っている。

「で、では……エクス様がその手に持っていらっしゃるのは……？」

「ああ、選定の剣だ」

俺は持っていた白銀の剣をニアに見せた。

「……わたくしは初めて拝見いたしますが……これほど美しい剣とは……」

ニアは目をパチパチとさせて、刀身を見つめた。

見た目は重厚感のある剣だが、持った感覚はとても軽い。

古くから使われているはずなのに、ピカピカで錆《さび》一つなかった。

今も大きな力は感じないが、やはり不思議な感覚のある剣だ。

「本当にエクスさんは勇者の……」

「息子なんだろうね。そして選定の剣を抜いたってことは、彼が次代の勇者である証さ」

まぁ、かなり無理矢理引き抜いた感じもあるが、まぁ……そこは抜いたもん勝ちだな。

「ニア……悪いんだけど、この女騎士君を医務室に連れて行ってあげてほしい」

「かしこまりました」

「大丈夫か？　鎧の重量もあるから、少し重いかもしれないぞ……？」

「問題ございません」

俺の背で眠るティルクを、ニアに受け渡す。

すると彼女は、女騎士を軽々とおぶってみせた。

女の子ながら、意外と力持ちのようだ。

「さぁ、エクス。学園長室へ行こうか。今度は絶対に認めてもらおうね！」

学園長の説得に意気込むフィーと共に、俺は校舎に向かい歩き出した。

※

「――という感じで、抜いてきたぞ」

「た、確かにこれは選定の剣だ……資料で見たままの形をしているし……間違いない」

選定の剣を見る学園長の声は震えていた。

どうせ引き抜けないと思っていたようだ。

「これで文句ないよね？　今日からエクスをボクの専属騎士《ガーディアン》にするよ」

「で、ですが……これが本物だという保証は……」

「言っておくけど、騎士候補生のティルクも、エクスが剣を引き抜くところを見てるからね。それに、選定の洞窟に行けばわかる事だけど、突き刺さっていた剣がなくなってるよ」

「……むむむ……！」

黙り込み考え込んでいた学園長だが、

「……まさか、本当に勇者の血族とは……ですが……これは認めざるを得ませんね」

最終的には納得してくれた。

フィーは安堵の表情を浮かべた後、俺に『やったね』と微笑み掛けてくれる。

「わかりました。入学に関する面倒な点は全てこちらで対処します。今からフィリス様たちは契約をお願いします」

「契約……？　それは書面的なものか？　それとも儀式的なものか？」

「どちらも必要だけど、面倒なのは学園長がやってくれるそうだから。今からするのは儀式的なほうだね」

ごくり。俺は思わず固唾をのむ。

魔界にも様々な契約が存在する。

中には、違反をすれば死ぬことになる危険なものもあるのだ。

俺はフィーを裏切るつもりはないし、契約違反を犯すつもりもない。

が……俺はルティスのせいで、契約に対してトラウマがある為、慎重になってしまった。

その原因となった契約内容は、早食いで負ける度に、デザートのハチミツを渡さなければならないという恐ろしいものだ。

（……あいつの胃袋はマジで底無しだった）

俺は一度も早喰い勝負に勝つことはなく、負けてハチミツを奪われ続けた。

『いいかエクスよ。魔界は弱肉強食なのだ！　悔しければ強くなれ！』

教育の一環とか言ってたが、あいつは絶対、自分がより多くのハチミツを食べたかっただけに違いない。

「エクス、どうしたの？　なんだか緊張しているみたいじゃない？」

「いや……大丈夫だ。俺はフィーを絶対に裏切らない。だから、デザートを取るのはなしで頼むぞ！」

「デザート？　よくわからないけど、デザートならたくさん食べさせてあげるよ」

「なんだと!?　ハチミツはあるか!?」

「ハチミツだろうと、ケーキだろうと果物だろうと、お好きな物をどうぞ」

天国!?　ここって人間界じゃなくて、天国だったの!?

「フィー、直ぐにでも契約を結ぼう」

「わかった。早速始めるから、その場に膝を突いて」

俺は言われるままに膝を突き、床に選定の剣を置いた。

一体、どんな儀式が行われるのだろうか？

「では見届け人は――ベルセリア学園長『クワイト・クワンナ』が務めさせていただきます」

学園長《おっさん》、そういう名前だったのか。

そんなことを気にしている間に、フィーは俺の前に立った。

そして、

「神聖ユグドラシル帝国第五皇女――フィリス・フィア・フィナーリアは、ベルセリア学園騎士候補生エクスを、専属騎士《ガーディアン》に任命します」

え……皇女!?

フィーはお姫様だったのか……!?

「……」

「エクスくん、一言」

「え……？」

学園長に言われて、俺は思わず顔を上げた。

すると、苦笑するフィーの顔が見える。

「エクス……キミがボクの任命を受けてくれるかどうか。それを答えてくれればいいんだ」

一言というのは、そういうことか。

「なら、答えは出てる。専属騎士《ガーディアン》として俺はフィーを守ると誓う」

何度目かの誓いだが、正式な発言はこれが初めてだ。

「では騎士候補生エクス――目を閉じて」

フィーの指示に従い、俺は目を閉じた。

これで契約は終わったのだろうか？

そう思った時だった。

（……え？）

額に柔らかい感触――それが、フィーの唇の感触であると理解したのは、少し経ってからだった。

「よし、これで契約完了！　学園長、エクスはボクと同じクラスでいいよね？」

「御心のままに」

胸に手を当て一礼し、学園長は皇女に対する忠誠を表した。

「よし！　じゃあ行こう！　今からならギリギリ授業にも間に合いそうだ！」

膝を突く俺の手を引いて、フィーは学園長室を飛び出した。

※

「……ふむ……本当に次代の勇者が現れるとは……」

エクスたちが部屋を飛び出した後、学園長であるクワイトは深い溜息を吐いた。

「伝承によれば……勇者は世界が必要とした時にのみ生まれるとある」

彼は考える。

もしその伝承が本当で、エクスが真の勇者であったなら……。

「何かが起ころうとしているのだろうか？」

それが何かはわからない。

大災害か疫病か——魔族襲来なんて可能性もある。

「はぁ……」

椅子に深々と座り、重々しい表情を作る学園長ではあったが。

「……魔王とか竜王とか、伝承の化物がこの学園を襲いに来たらどうしよう？」

学長はガクブルしていた。

ぶっちゃけ彼は、自分のことが心配なのである。

以前は騎士としてそれなりに実力もあったことで、ベルセリア学園の長に任命された彼であったが、今では自己保身に走り権力にしがみ付くおっさんなのだ。

「いや、だが待てよ。勇者であるエクスくんがいるんだ。恐れることはないいんじゃないか？」

おっさんは、都合よく思考を変換した。

彼はなんだかんだポジティブである。

だからこそ様々な抑圧にもめげず、学園長などという仕事を続けていられるのだ。

「そうだ！　そうに決まっている！　しかも、この学園から勇者が生まれたとあれば、オレの名声もうなぎのぼりに違いない！　ふははははっ！　なんたる幸運！」

こんなだが、このおっさんは決して悪人ではない。

昔は正義感に溢れ、騎士のお手本のような男だった。

今は心の奥深くに、その時の感情が眠ってしまっているだけなのだ。

「……それに……フィリス様が専属騎士《ガーディアン》を決められて、オレの肩の荷が一つ下りた。本当に良かった……」

先程、馬鹿笑いをしていた男とは思えない。

まるで自分の子供を思うような優しい表情を見せている。

「フィリス様は強いお方だ。だが……辛い立場のお方でもある」

クワイトは知っている。

皇女としての彼女の立場……彼女の苦悩を。

そして自分では、彼女の力になることはできないことを。

だから、願う。

専属騎士《ガーディアン》として、エクスがフィリスの支えになりますようにと。

彼のこの気持ちに嘘はない。

自己保身に走る面が強くなっていたとしても、人の心の底にある根っ子の部分は消えることはないのだから。

「さ～て、エクスくんの入学書類をでっち上げるとするか！」

これも親愛なる皇女殿下の為。

ベルセリア学園長――クワイト・クワンナは、今日も無理のない範囲で力を尽くすのだった。

※

学園長室を出て、俺はフィーに手を引かれながら螺旋階段を下りていた。

「まずは教室まで案内するね」

「授業は俺も、フィーたちと一緒に受けるのか？」

「専属騎士《ガーディアン》はそうだね。ただ、警護対象のいない騎士候補生は別」

「騎士候補生……？　契約の時もその名称が出ていたな？」

あの時は特に気にしなかったが、どういう差があるのだろうか？

「ボクたち貴族生徒《プリンセス》は、『騎士候補生』の中から『専属騎士《ガーディアン》』を選ぶことになってるんだ。そして専属騎士《ガーディアン》は命を懸けて警護対象を守る」

貴族のお嬢様であれば、人間界の要人ということになるだろう。

「だが、要人を守らせるのであれば、実力者を付けるべきじゃないか？」

「本当の意味での要人なら、見習いの候補生なんて付けられないだろうね。ボク程度なら、代わりはいくらでもいるだろうから」

「程度って……フィーは皇女なんだろ？」

「第五皇女——上に四人もいる。本当の意味で国にとっての要人は、皇帝と皇位継承権の上位者なんだ。この学園に入れられてる時点で、ボクは皇帝に見捨てられてるも同然さ」

もしかしたら……とは思っていたが、フィーは親子仲が悪いらしい。

「フィーはどうして、専属騎士《ガーディアン》を選ばなかったんだ？」

「無理に付けられそうになって、突っぱねたんだ。このベルセリア学園は国が運営しているからね。ボクにとって、信用できそうな騎士候補生はいないよ」

まるで国を敵視しているような口振りだ。

何やら事情があるようだが……。

「……少し口が滑り過ぎちゃったよ。今のは忘れてほしい」

気を取り直すように言って、フィーは話題を変えた。

「え～と、騎士候補生の話だったよね。専属騎士《ガーディアン》に選ばれなかった子たちは、騎士候補生——騎士見習いのまま学園生活を過ごすんだ。そして、将来的に騎士になる為の訓練を学園で続けていく」

「つまり、警護対象がいるかいないかの差なのか？」

「後は給料が出ることとか、将来的な待遇も違うよ。要するにさ、専属騎士《ガーディアン》に任命されるような騎士はエリートってことなんだ」

なるほど……。

専属騎士《ガーディアン》に選ばれないということは、警護対象を守り抜く力がない。

そう判断された騎士ということになる。

だからこそ必然的に、専属騎士《ガーディアン》はエリート的な扱いになると。

（……エリートと言えば、俺の友人にもいたっけなぁ）

一人の友人のことを思い出す。

魔界の貴族で、自らを戦闘の天才——生まれながらのエリートと自称するような奴だった。

奴の口癖はこうだ。

『魔界のエリートたるオレ様に、努力など必要ないのさ』

こんなことを堂々と宣言しているだけあって、確かにそこそこ強かったが……。

『ふははっ！　我が友人《ライバル》よ！　認めるぜ、お前がナンバーワンだ！』

俺に喧嘩で負けると、あいつは度々こう口にしていた。

ナルシストな面もあるが……なんというか、調子が良くて憎めない奴だ。

「……また友達のことを考えてたの？」

「おお、良くわかったな。俺の友人に自分のことをエリートと言う奴がいてな。今の話でそいつのことを思い出してた」

「……キミは友達が多いんだね。でも、エリートって自分で言うのか……ちょっとイヤな奴だね」

「憎めない奴だよ。泣き虫だしな」

「それはちょっと可愛いかも。でもさ、エクス——専属騎士《ガーディアン》の中には、イヤな奴もいるから、警戒しておいてね」

「どういうことだ？」

「……専属騎士《ガーディアン》はエリートって言ったけど、それは身分の差ではないでしょ？　ただ、そこには意識として大きな差が生まれてる」

差別的な意識を持つ生徒もいる……と、フィーは伝えたいのだろう。

「あと……競争社会だから、強い嫉妬心を向けられたり、意地悪もあるかもしれない」

「大丈夫だ。こういう場所なら、一度実力を見せてやれば話は済むからな」

心配するフィーに、俺は微笑んでみせた。

「ふふっ、ボクの専属騎士《ガーディアン》は本当に頼もしいな。教室に着いたらキミの紹介を気兼ねなくできそうだよ」

言ってフィーは握っていた俺の手を引っぱり、そのまま身体をくっつけてきた。

「……ボク、キミにどんどん惹かれちゃってる。もっとエクスのこと、知りたいな」

「これから話す機会ならいくらでもあるだろ？」

「……もう！　そういう意味じゃないよ。少しくらいドキドキするとかないの？」

いや、実はちょっとドキドキしてました。

フィーはたまに、すごく妖艶《ようえん》な顔を見せるからな。

それは蠱惑的で思わず魅了されそうになってしまう。

魔界で言うとサキュバス……いや、それ以上に惹き付けられる。

（……以前、サキュバスの女王に魅了された時は、ルティスに大激怒されたな）

あれは魅了魔法への耐性を付ける……という特訓だったらしいが、あまりにも耐性が高過ぎた為、サキュバスの女王が本気になってしまったのだ。

その結果、俺は二秒だけ魅了された。

『あんな女のどこがいいのだ！　お前はわらわのナイスバデーを四六時中見ておるだろうがっ！』

あの時、ルティスはこんなことを言っていた。

付け足しておくが、うちの師匠はロリで完全なる無凸だ。

究極完全体無凸バデーだ。

ちなみにこれで三日三晩喧嘩になりました。

あの時はルティスに勝てず、俺の完全敗北だった。

二年前の夏の日の思い出だ。

「さてエクス……もう直ぐ教室に着くけど……ボクは、教室でキミを見せびらかそうと思う」

「うん？」

「ボクの専属騎士《ガーディアン》のお披露目だからね。抜群のインパクトを、クラスのみんなに与えておきたいんだ。キミがボクの物であるって証明にもなるからね」

小悪魔的な微笑。

一体、何をするつもりなのか？

だがそれは多分、俺にとっては少しだけ面倒事。

そんな気がしていた。

※

「ま、マジでやるのか？」

「ダメ……？」

上目遣いを俺に向けるフィー。

その後、悪戯な笑みを浮かべた。

「ダメではないが……」

「なら——行こう！」

フィーは教室の扉をバッと開いた。

そして俺の両手を取ると、まるでダンスのステップでも踏むように颯爽《さっそう》と教室に入る。

舞台の演者の来訪に、室内にいる生徒の視線が、一斉に俺たちに集まった。

——ガヤガヤ。

教室に大きなざわめきが起こる。

フィーは踊り慣れているのか俺を上手くリードして、教卓の前でくるりと一回転。

ステップを止めて、生徒たちを見渡す。

「ふぃ、フィリス様の隣にいる男は誰だ？」

「見たことのない方だけど……もしかして王族の方かしら……？」

「制服を着ていないし……学園の生徒じゃないよね？」

様々な憶測が飛び交う。

だがフィーは全く気にする様子もなく教卓に立った。

そして俺を抱き寄せる。

――むにゅ。

胸のあたりに柔らかい感触。

ワザとらしく、フィーがその双丘を押し付けてきた。

「んなっ!?　フィリス様!?」

「あの男、許せん！　我が国の皇女でもあるフィリス様に、なんとハレンチな！」

とんでもなく膨大な敵意が集まってくる。

これはフィーにとって、悪戯みたいなものだが……そんな言い訳は彼らに通じないだろう。

「ふぃ、フィリス様……そのお方は一体!?」

一人の男が立ち上がり声を上げる。

今までの声にならない叫びとは違う。

フィーに対する、はっきりとした質問だった。

「みんな、気になっていると思うから紹介するよ。今日からボクの専属騎士《ガーディアン》になったエクスだ」

静寂。

圧倒的静寂。

室内の生徒は誰一人、一ミリたりとも動きはしない。

世界が静止したのではないか。

そんな錯覚に陥る。

「……こいつら、どうしたんだ？」

「さぁ？　驚いているのかな？」

静止した空間の中で、俺とフィーだけが平然と会話していた。

そしてもう一度、生徒たちに目を向けた。

瞬間――

「「「「「はあああああああああああっ!?」」」」」

満場一致の大絶叫である。

「ふぃふぃふぃふぃふぃフィリス様が専属騎士《ガーディアン》!?」

「孤高の薔薇《ばら》姫を陥落させた騎士様が現れるなんて!?」

「一体、あの方は何者なんですの!?」

ニアや学園長、そしてティルクの態度からも察していたが、フィーが専属騎士《ガーディアン》を任命するというのは、生徒たちにとって信じられない出来事のようだ。

「そんなわけで、エクス――キミからも自己紹介してあげて」

「ああ、俺の名前はエクス。さっきフィーが話した通りだが――」

「フィー!?」

「もしかしてそれはフィリス様のこと!?」

「愛称でお呼びするなんて……それほどの仲だというのか!?」

あの、俺まだ話し中なんですけど……。

というか、さっきから生徒たちは落ち着きがない。

一部の生徒など、明らかにワクワクした様子で俺たちを見ている。

まるでちょっとした催しを楽しんでいるようだ。

「あ～、フィーが話した通り、彼女の専属騎士《ガーディアン》になった。あまり学園のことは詳しくないから、色々と教えてくれると嬉しい」

俺はフィーを見た。

これでいいか？　と、目で尋ねる？

だが、彼女は首を振った。

まだ足りないと？

なら、もう少し専属騎士《ガーディアン》としてアピールしておくとしよう。

「大丈夫だとは思うが……もしフィーに危害を加えるような奴がいれば、誰であっても容赦はしない。俺は何があってもフィーを守る」

「うん！　じゃあ自己紹介はこれで終わりね」

フィーは嬉しそうに微笑んだ。

そして俺の手を握り、この場を離れようとした。

「……フィリス様、お待ちください」

「……なに？」

部屋の室温が落ちた気がしたのは、フィーの声に少しだけ苛立ちが混ざっているからだろう。

だが、声を掛けてきた男は臆さず口を開いた。

「見たところ、その者は騎士候補生ではありませんね？　制服も着ておらず、身なりはお世辞にも綺麗とは言えない」

「候補生だよ。今日入ったばかりだけどね」

「今日……？　無礼を承知の上で、フィリス様の為に申し上げます」

「本当に、出過ぎた真似だよ」

「申し訳ありません。しかし諫言《かんげん》せずにはいられないのです！　フィリス様、そのような男を専属騎士《ガーディアン》にするのはおやめください」

なんとなく、こういう話をされると思っていた。

この生真面目そうな男、教室に入った時から俺に対して凄い敵意を放ってたからな。

「既に学園長の許可は取ってある。キミの意見を聞く必要はないよね？」

「だとしても、騎士候補生でもない者から専属騎士《ガーディアン》を選ぶなど異例です！」

「それだけ彼――エクスがボクにとって特別ということだよ」

「フィリス様、騎士候補生は貴族の皆様をお守りする為、日夜厳しい訓練を続けています。そんな彼らを差し置き、見ず知らずの男を専属騎士《ガーディアン》にするというのは、日頃から彼らの努力を見ている僕としては、簡単に許容できるものではないのです」

ああ、なるほど。

こいつは、自分たちが頑張っているのに、なんでよそ者を専属騎士《ガーディアン》にするんだ。だったら自分たちを専属騎士《ガーディアン》にしてくれよ。

そういう話をしているようだ。

（……要するに、ただの我儘《わがまま》じゃないか）

フィーを思ってと前置きをしているのに、彼女の気持ちを無視している。

この男はそれに気付いているのか？

「身分や実力は確かなのですか？　フィリス様を襲う為に雇われた刺客かもしれません！」

「キミよりはよっぽど信用も信頼もできるよ」

「っ……！　どうしても聞いてはくれませんか」

「言っておくけど、エクスはキミなんかよりもずっと強いよ。騎士としての実力なら誰にも負けない。ボクはそう信じてる！」

「ほう……僕よりも、ですか？　ならばこうしましょう。もし決闘で僕が勝ったのなら、そのエクスという男との契約を解除していただきます」

なんだか俺を置いて話がどんどん進んでいる。

だが決闘をやるというなら望むところだ。

「ガウル！　決闘などやめなさい！　わたしは許可しませんよ！」

横から反対意見が飛んだ。

「セレスティア様……どうか、お許しください。これは、この学園の騎士全員のプライドを賭けた戦いでもあるのです」

この男はガウルというのか。そして声を掛けた女の子が、セレスティア。

長身の綺麗な子だ。

もしかしてガウルは、彼女の専属騎士《ガーディアン》なのだろうか？

「彼はこう言ってるけど、エクスはどう？」

「俺は構わないぞ。要するにこいつに勝てばいいんだろ？」

「……随分と自信があるようだな。決闘が始まれば、無事では済まないかもしれないぞ？　今、フィリス様との契約を破棄するのなら許してやってもいいが？」

いちいち高圧的な奴だ。

「知ってるか、お前。魔界には、弱いケルベロスほど良く吠えるって言葉があるんだぞ？」

「それを言うなら犬だろ！」

犬……？

人間界ではケルベロスのことを犬と言うのか？

「ま、だとしても意味は伝わっただろ？」

「なるほど……僕を挑発しているのか」

微笑を浮かべるガウル。

だが、俺は気付いていた。

ピクッと、この男の眉間に皺が寄ったことを。

どうやら苛立ちを隠して余裕を見せているようだ。

「やるならさっさとやろう」

「っ……いいだろう！」

ガウルは着けていた白い手袋を俺に投げた。

「貴様に決闘を申し込む!!」

こうして俺は、学園に入学した途端、決闘をすることになった。

負けるつもりは一切ない。

俺を信じてくれるフィーの為にも、期待に応えるような勝利を飾ろう。

そう心に決め、戦いの場に向かうのだった。

※

「は～い！　皆さん、今から授業を始め――って、えええええ!?　ぼ、ボイコット!?　クラス全員ボイコット!?」

誰かの声が聞こえた気がした。

が、多分気のせいか。

俺たちは教室を出て、そのまま移動を開始する。

向かったのは、

「……ここでいいだろう」

学園の校舎裏だった。

またベタな場所を選んだものだ。

魔界でもあったぞ。

気に入らない奴を締め上げる時に使うんだよな。

魔界の義務教育時代、幾度となく先輩方にご案内されたっけ。

ちなみにその先輩方は、気付けば俺の昼食を用意する係になっていた。

そんな懐かしい思い出を振り返りつつ、俺は周囲の様子を窺《うかが》う。

「罠は仕掛けられてないみたいだな」

念の為、警戒しておく。

ルティスにはしてやられたからな。

「ふんっ、この僕がそんな卑怯な真似をするわけがないだろ。負けた時の言い訳にされたくないからな」

別に罠が卑怯だとは思わない。

もしそれで負けるようなら、自分の力が足りないだけだ。

それを言い訳にするような弱さを、俺は持ち合わせてはいない。

「ガウル〜！　新人なんてぶっ倒しちまえ！」

「一年の首席の実力、見せてやれよ！」

観客も随分と集まっている。

クラスの全生徒が、俺たちの決闘を見守っているんじゃないだろうか？

これから起こる事への期待なのか、皆が目を輝かせている。

騎士たちはともかく、お嬢様方まで興味津々な様子だ。

「さて！　久しぶりの決闘だ！　賭けな賭けな〜！　下馬評はガウルくん優勢だよ！　って、ちょっとみんな！　ガウルくんにばっか賭けたら、賭けが成立しないってば！」

既に下馬評が出ているらしい。

だが、俺が不利なのは当然か。

実力を知る者がいない上に、対戦相手のガウルは一年の首席。

学園内では実力者ということだろう。

「ならボクは、エクスに三年間分の食券を賭けるよ」

「おっと〜〜〜〜〜〜！　ここでフィリス様！　自らの専属騎士《ガーディアン》にスーパーベット!!　これは余程、彼を信頼しての行動か!?」

唯一、フィーだけが俺に賭けてくれたようだ。

こうして皆が盛り上がる中、ガウルの警護対象であるセレスティアだけは、心配そうな表情を浮かべている。

「ふん、フィリス様を負けさせてしまうのは心苦しいな」

「そんな心配無用だぞ。俺が勝つからな」

「口ではなんとでも言える」

「そうだな。……話は変わるがお前、フィーの事ばかり見てないで、自分のお姫様を見てやったらどうだ？　そんなことじゃ、もしセレスティアが襲われた時に守る事なんてできないだろ？」

「っ――そんなことを、貴様に言われる筋合いはない！」

「そうかい」

俺とガウルの視線が交差した。

瞬時に場の空気が重くなる。

怒りを孕《はら》んだ視線を向けるガウルは、今にも飛び掛かってきそうなほどだ。

その威圧感に気圧された生徒たちが息を呑んだ。

そんな中、

「盛り上がっているようだけど、決闘の前にルール確認を！」

審判を務めてくれることになった騎士生徒が声を上げる。

「決闘、基本的に相手を殺さなければ何をしてもＯＫ。試合は相手が気絶するか、降参を告げない限りは続く。こんなとこでいいかな？」

「問題ない」

「俺もだ。いつ始めてくれてもいいぞ？」

既にガウルは戦闘態勢――腰に携えていた二本の剣を抜いた。

同時に彼は眉根を顰《ひそ》める。

「そう言えば……貴様、武器は？」

「え……あ!?」

やばっ!?

そういえば、学園長室に選定の剣を置いてきてしまった。

後で取りに行こう。

「今はないから、俺は素手でいいぞ」

「素手!?　貴様、どれだけ僕を侮辱すれば！」

「侮辱じゃない。俺は素手でも魔界最強だ」

「魔界……？」

訝《いぶか》しむガウル。

その、なに言ってんだこいつ？　みたいな顔はやめてほしい。

「……エクス君、本当に素手でいいんだね？」

「ああ、俺はこれでも万全だ」

「了解した。その言葉、確認したぞ」

「貴様、念を押すが絶対に言い訳は――」

「そもそも負けない。――やればわかる」

会話が止まる。

審判を務める騎士生徒は、それを合図と受け取ったのだろう。

「では――決闘《デュエル》、開始《スタート》！」

合図と共にガウルは動いた。

その動きを観察しつつ、俺は【ある仕掛け】をする為、右手を上げそのまま下ろした。

謎の行動が気になったのか、ガウルは目を細める。

が……止まることなく、俺に向かって真っ直ぐに疾駆する。

その動きはそこそこ速い。

首席と言われているだけあって、決して能力は低くないのだろう。

「一撃で終わらせてやる！」

言って、ガウルはさらに加速した。

そのまま俺に接近すると、薙ぐように剣を振る。

だが、斬撃が俺を切り裂く直前――俺は軽く手を振った。

瞬間――その斬撃が消えていた。

「……？　貴様、今の一撃を受けて、なぜ平然と立っている？」

「それは今の一撃を受けていないからだろうな」

「――!?　なっ!?　け、剣が!?」

ガウルは自分の手から剣が無くなっていた事に気付いたようだ。

「これ、結構いい剣だな」

「馬鹿なっ!?　なぜ貴様が僕の剣を持っている!?」

困惑しながら、ガウルは俺と、自分の手を交互に見る。

心底驚いたのか、その顔面は蒼白になっていた。

「ああ、悪い。少し見せてもらおうと思って、借りた」

「か、借りた!?　ふざけるな！　どんな魔法を使った!?」

魔法なんて使ってない。

ただ俺は、ガウルの手から剣を抜き取っただけだ。

この男には、俺の行動が全く見えていなかったようだがな。

「あ、これ返すな」

ぽ～んと、借りていた剣を投げ渡す。

「おまっ!?　我が家に伝わる家宝を!!」

え!?　家宝!?　そんな大切な物なら、先に言ってくれ!?

だったら投げたりしなかった。

しかし、ガウルは今日一番の俊敏な動きで、しっかりと剣をキャッチした。

「おお！　ナイスキャッチだ！」

「――ふっざけるなっ！」

怒声と共に、ガウルはバックステップで後方に下がる。

そして双剣を鞘にしまった。

「貴様を少し甘く見ていた。それは認めよう。だが、もう手加減はなしだ。光よ――剣を成せ」

ガウルの掌に光の粒子が集まり、それが徐々に剣の形を成していく。

「……光の剣か。なんだか勇者っぽいな」

「ふん……特別に教えてやる。僕は聖騎士の家系でね。これはその血族に伝わる魔法の一つだ」

「ああ、系譜《けいふ》魔法って奴か」

この世界には、一部の家系――その血族にのみ使用可能な魔法が存在する。

それが系譜魔法だ。

魔法書に載っているような、一般的な魔法に比べ、強力な力が多いとされている。

一言で言えば『レア』な魔法だ。

「どの程度の切れ味なんだ？」

「ふっ……ドラゴン程度なら、切れるかもしれないな」

「なんだ。随分と切れ味が悪いんだな。がっかりだぞ」

「そうかそうか。驚いたか――って、はあああああああっ!?　おまっ!?　ドラゴンだぞ！　あのドラゴン!!　巨大で、ブレスを吐いて、飛んだりもする、最強の生物の一角を知らないのか！

伝承で語り継がれるほどの恐ろしい魔物だぞ！」

いや、そんな怒鳴らなくても聞こえてるぞ。

あと、『ぶっ殺すぞお前』みたいな顔もやめてくれ。

「ガウル、お前に教えといてやる。ドラゴンって結構柔らかいんだぞ」

「は……？」

「上級の魔族のパンチ一発で、ぺちゃんこだ」

「は!?」

徐々に『は？』の力強さが上がった。

どうやら、ガウルはドラゴンを見た事がないらしい。

実はかなりデリケートな生き物だから、魔物保護協会が保護活動に必死なんだよな。

「まぁでも……そんなドラゴンたちも、ガウルよりは強そ――」

なんて考えている間に、光の双剣が俺の目前で交差する。

「おっと」

上体をそらすことで、迫り来る斬撃を避けた。

「ちっ――隙だらけかと思ったが、今の攻撃を良く避けたじゃないか！」

欠伸《あくび》が出るほど遅かった。

などと言ったら、大激怒されるだろうなぁ。

一閃、二閃、三閃――繰り返される連撃。

俺は攻撃することなく、その攻撃を避け続けた。

「ふんっ！　防戦一方じゃないか」

剣を振る度に光の粒子が飛び散る。

それがちょっと熱い。

ガウルが俺に与えた唯一のダメージはこれだ。

これ、地味に熱いんだよ、ほんと。

もし狙ってやっているのなら、俺はガウルの評価を見直したい。

とんでもない嫌がらせの天才だ。

今度、ルティスにリベンジする時に是非、力を貸してもらいたい。

「あ、そろそろ終わるぞ」

【仕掛け】が発動する頃合いだ。

「は？」

「上を見ろ」

「馬鹿が！　そんなこと言って空を見た瞬間、僕に攻撃するつもりだろ？」

「警告はしたからな」

言って、ガウルから距離を取る。

実は俺は、ある魔法を戦闘開始直後に使っていた。

——右手を上げて下ろす。

あれは、とある魔法を使う為の過程に必要な工程だった。

「あ、来るぞ。お前、避けられなそうだからな。防御魔法を掛けて、障壁も張っておいてやる」

「ふん！　まだ言うかこの卑怯も――」

パンパンパンパンパン！　ボゴッ！

「――ふぉおおおおおおおおおおおおおおおおおおっ!?」

高速で空から降って来た掌サイズの隕石が、何重もの防御結界を貫き、ガウルの腹部に直撃。

軽く三十メートルほどはぶっ飛んだ。

一応、防御魔法を使い耐久力を大幅向上させてやったのだが、空の彼方から飛んできた隕石の勢いは、凄まじかった。

「人の警告を素直に聞いておけばいいのに」

「お、おの……れぇ……エク、ス……！」

怨嗟《えんさ》の言葉を残して、そのままガウルは気絶してしまう。

シ～～～～ン……と、場が静まり返った。

「ぷっ――……ぷぷっ、あはははははっ！　なんだよこれ！　もうおっかしい！」

最初に静寂を破ったのはフィーだった。

予想外過ぎたのか、お腹を抱えて笑っている。

「空から石が降って来て、それが当たって気絶って……歴代の決闘の記録でも、こんなの絶対にないよ……！」

「普通に戦ったら一瞬で終わってしまうからな。少しでも印象に残る勝ち方ができないかと、俺なりに趣向を凝らしてみたんだ」

「ふふっ、エクスは空から石を降らすこともできるの？」

「ああ、ちなみにこの魔法はメテオライトという魔法の超劣化版だ！」

隕石雨――メテオライト。

空の彼方から、超巨大な隕石を無数に落とし続ける魔法だ。

広範囲に大打撃を与えたい時に使用するのだが、学園の庭でそんなのを使うわけにはいかない。

だから、超劣化版を使用したというわけだ。

「が、ガウル！　大丈夫ですか？　まさか決闘中に石が降ってくるなんて……」

倒れ伏すガウルに、セレスティア？　だっけ？

貴族生徒《プリンセス》であるお嬢様が、慌てて駆け寄った。

どれだけ大口を叩いても、警護対象者に助けられているようでは、まだまだだ。

「普通は空から石が降ってくるとは思わないよね。でも――結果は覆らない。エクス、決闘はキミの勝ち！　そうだよね、ジャッジくん？」

決闘のジャッジを務めた騎士生徒に、フィーは確認を取った。

「ぁ――し、失礼しました。まさかの事態だったもので……。え、え～と、この決闘は、ガウルの戦闘不能により、エクスの勝利とします！」

ジャッジの正式な勝利宣言と共に――多くの生徒たちが倒れ伏した。

彼らは賭けで大損した生徒なのだろう。

俺は下馬評を完全に覆す勝利を収めた。

「えへへっ、エクスのお陰でボク、大金持ちになった気分」

そしてただ一人、俺に賭けてくれたフィーも大勝利となり、大量の食券を手に入れたのだった。

※

俺たちは今、医務室に来ていた。

「申し訳ありません……フィリス様……それにエクスさんも」

「このくらい気にしなくていいぞ。なぁ、フィー」

「うん。あのまま放置は流石に可哀想だからね」

戦闘不能になったガウルを、俺がここまで運んできたのだ。

現在、決闘で大敗北を喫《きっ》した男はすやすやとベッドで眠っている。

「しかし、ここの生徒は友達甲斐《がい》がないよな。誰もガウルを助けずにそそくさと行っちまうんだから」

「仕方ありませんよ。正直、今回はガウルの自業自得ですから……。それに皆さん、授業を休んで成績を落としたくはないのだと思いますわ」

友達と授業。

どちらを優先するか聞かれたら、俺は友達と答えるが……この学園の生徒はそうじゃないらしい。

「授業って言うより、彼に負けて損をさせられたから怒っているのかもね。何より、首席の彼が決闘で負けたっていうのがばつが悪いよ……」

「首席が負けると問題があるのか？」

「【首席】が【決闘】で負けたのが問題かな」

フィーは二つの単語を強調した。

決闘で負けるということは、何かデメリットがあるような口振りだ。

「……決闘の敗北は騎士序列に関わるんだ」

「騎士序列？」

何それ、カッコいい。

魔界で言う、四天王みたいなのか？

ちなみに魔界豆知識だが、四天王は魔族の中でも雑魚ばかりが集まっているので、実は大した称号ではない。

「騎士序列は基本、学園にいる全ての騎士の成績から決められるんです。ただしそれ以外にもいくつか、騎士序列を変動させる手段があります」

俺の質問に答えてくれたのは、セレスティアだった。

「その手段が決闘ってわけか」

「正解。エクスは彼に勝ったから、一気に騎士序列も大幅アップ。いきなり一年の首席まで駆け上がっちゃったわけ」

「騎士序列が上がることで、何かメリットがあるのか？」

「序列十二位までの生徒は、王都で年に一度だけ開催される武の祭典——円卓剣技祭に出場する権利を得られるんだ。そして、大陸で最強と言われる十二の騎士——円卓の騎士《ナイトオブラウンズ》と試合をすることになるんだよ」

なるほど……つまり、人間界の最強を決める武闘大会みたいなものか。

強い奴らと試合ができるのは面白そうだ。

「国の運営する祭典ですので、皇族をはじめ多くの有力者が集まりますの。だから騎士生徒たちにとって、大きな名誉と実績になるのですわ。活躍次第では、王都の騎士団に登用された生徒もいるそうですから」

続けてセレスティアが言った。

騎士を目指す生徒にとっては、様々なメリットがある大会のようだ。

「円卓の騎士《ナイトオブラウンズ》の中には、かつて勇者と共に旅をしたって騎士もいるらしいよ」

「なんだと!?」

思わずググッと、フィーに近付いてしまった。

狙ったわけではないが、顔と顔が急接近して、目と目が合う。

「……突然グッと来たから、キスされるのかと思っちゃった」

頬を染めながら、フィーは自分の唇に人差し指を当てた。

「す、すまん……！」

しゅばっ！　と超速で後方に下がった。

フィーの笑みは魅惑的で心臓に悪い。

ルティスとのガチ喧嘩でも、こんなにドキドキしたことはないというのに、恐ろしいほどの緊張感だ。

「お二人はとても仲がよろしいのですね」

「そ、だから取っちゃダメだよ？」

フィーにぎゅっと抱きしめられた。

「ちょ……ふぃ、フィー、いきなりなんだ？」

「エクスはボクのものだ〜って、意思表明中」

困惑する俺を見て皇女様はイタズラっぽく微笑んだ。

「話は逸れちゃったけど、エクスは勇者のことが知りたいんだよね？　なら、騎士序列の上位になって、円卓剣技祭に参加するのはありかもね」

「そんな回りくどいことをしなくても、休日を利用して、円卓の騎士《そぃつら》に会いに行けばいいんじゃないか？」

「それは無理……というか、止めておいた方がいいと思う」

フィーの表情に、少しだけ影が差した気がした。

「何故だ？」

「彼らの多くは皇族の護衛を兼ねている。つまり王城にいるんだよ。だから滅多な事では会えないし、もし忍び込もうものなら、最悪は処刑されてしまう」

仮に円卓の騎士《ナイトオブラウンズ》全員を相手にしても、負けるつもりはない。

だが、勝手に侵入すればフィーに迷惑を掛けてしまうか……。

「わかった……。なら正式な権利を得て、王城に行くとしよう」

「それがいいよ。エクスなら騎士序列上位どころか、きっと一番にだってなれる！」

真っ直ぐな瞳で、フィーは俺を見つめる。

その目に嘘はない。

俺の力を彼女は信じてくれているのだろう。

「なら暫くは、騎士序列を上げることを目標に学園生活を送るぞ！」

「ＯＫ！　でも、ボクの警護を忘れないでよね！　後、休日は一緒に町にでも出ようよ。勇者の話とか、色々と聞けるかもしれないでしょ？」

「町か……」

勇者の話だけなら、一緒に行動する必要はないのだが……。

それでもフィーと一緒に町を巡るのは楽しそうだ。

「わかった！　次の休日だな！」

「うん！」

俺はフィーと休日の約束を交わした。

「医務室でデートの約束までなさるなんて……。あの【孤高の薔薇姫】とまで言われたフィリス様が嘘のようですわね」

「そんなのは周りが勝手に呼んでいただけだよ」

あまりその呼び名が好きではないのだろうか？

フィーは話を逸らすように席を立った。

「――さぁ、エクス、もう行こうか。少し無駄話が過ぎちゃったよ。授業も始まってるだろうから戻らないと」

「今から戻るよりは、二時限目の授業に合わされた方がいいのではないでしょうか？　先生には、わたしから事情を説明させていただきますから」

「……確かにそうだね。中途半端に授業を受けても仕方ないか。理由も明確で今ならサボり放題。じゃあボクはこっちのベッドで眠らせてもらうよ。エクス、良ければ一緒に寝るかい？」

「い、いや……遠慮しておこう」

「ふふっ、照れてるのかい？　なら一緒に寝たくなったらいつでも入ってきてね」

そう言って、フィーがカーテンを開いた。

だが、

「え……？」

「んなっ!?」

「まあ……」

全裸の女がベッドで寝ていた。

俺は慌てて目を逸らす。

どこかで見た女だ……と思ったら、選定の洞窟で会ったティルクという女騎士だ。

フィーは急ぎカーテンを閉めて、バッと振り返った。

「エクス、見たでしょ？」

「見たんじゃない。見えたんだ」

「エクスさん……女性の肌を見てしまうなんて罪なお方ですね」

フィーとセレスティアが、笑顔で俺に圧を掛ける。

不可抗力！　今のは完全に不可抗力だ!!

「はぁ……もう。あの女騎士君、胸の辺りがちょっと気に入らないな。エクスは大きいのと小さいのなら、どっちが好きなの？」

唐突になんだその質問は!?

女の子が男に聞く質問じゃないだろ？

ど、どう答えたらいいんだ……。

「僭越《せんえつ》ながら、わたしにも今後の参考にお聞かせください」

なんの参考だ!?

というか、見事なコンビネーションだな。

ダメだ……俺一人でこの二人の相手は至難——今は戦略的撤退だ。

「さ、さ～て……俺は教室に戻ろうかな」

「専属騎士《ガーディアン》が、ボクを置いて行っちゃうんだ……」

「う……」

しゅん、と、拗《す》ねた顔をされた。

正直、その顔はとても可愛らしい。

が、同時に俺の胸に罪悪感が生まれる。

「ち、違う。決してフィーを置いていこうとしたんじゃないんだ」

焦って言い訳をする俺を見て、

「……ふふっ、エクスが困った顔してる。ボク、その顔好きかも」

拗ねていた顔が嘘のように、フィーはニッとイタズラな笑みを浮かべた。

「か、からかわないでくれ」

「ごめんね。でも、戸惑ってるキミは可愛かったよ」

会った時から思っていたが、フィーは物凄く綺麗な子だ。

少し子供っぽい一面もあるが、そのギャップが凄く魅力的に感じる。

「さて、ベッドも使えないいんじゃ休憩もできないね。やっぱり教室に戻ろうか」

「どうせならもう少し、フィリス様やエクスさんとおしゃべりしたかったですわ。普段はほとんどお話しなんてできませんでしたし……」

「……また、機会があればね。行こう、エクス」

「ああ。それじゃあまたな、セレスティア」

「はい。……ガウルにはキツく言っておきますので、今後は仲良くしてあげてくださいね」

「ああ。少なくとも俺は、そいつの事を嫌いじゃないよ」

少しだけ、魔界の友達に似ている。

エリート意識が高いところや、無謀な戦いが好きなところとか、自信過剰なところも……主に悪い面ばかりな気もするが……。

「……安心しました。それでは本日から学友としてよろしくお願いいたします」

柔和な笑みを浮かべるセレスティアに見送られ、俺たちは医務室を出て教室に向かった。

※

人間界ではどんな授業を受けられるのだろうか？

そんな期待を胸に、俺は教室の扉を開いた。

だが、

「――フィリス様！　どうして先生の授業をボイコットしたんですか！　先生は、先生は、とっても悲しいです～～～～！」

教室に入ったフィーの姿を見た途端、小さな女の子が大泣きした。

って、この人が先生なのか!?

「先生、泣かないでよ。ちょっと事情があって教室を抜けてただけだから」

子供をあやす親のように、うちのお姫様は教師を慰める。

おかしな光景だが……他の生徒が微笑ましそうに見守っているのを見ると、このクラスでは珍しいことではないようだ。

「そ、そうだったんですか！　先生、とても安心しました！」

泣き止んだ!?

めっちゃ素直だなこの先生!?

純粋でとても優しい人なのかもしれない。

「あ……エクスくんですよね！　学園長先生から聞いてますよ！」

「そうか。よろしく頼むな。え〜と……」

「ケイナ先生です！　このクラスの教育担当ですよ」

つまり勉強を教えていると……先生だから当然なんだが、やはり意外に思えてしまう。

いや、『戦闘訓練を担当してます！』と言われるよりは納得できるけどな。

「制服や授業の道具は、今日中に用意できるそうです。準備が整い次第、ニアさんが持って来てくれるそうですよ」

「わかった。突然の事なのに、対応してもらって助かる」

「ケイナ先生は、みんなの先生なのですから！　生徒の為にがんばるのは当然なのですよ！」

純真な笑みが眩《まぶ》しいくらいに輝いて見える。

全く裏表がなく、会話に駆け引きもない。

魔界の義務教育時代には、いなかったタイプの先生だ。

「エクスくん……フィリス様は唐突にいなくなる方ですから、ちゃ〜んと見守ってあげてくださいね！」

ケイナ先生は慈愛に満ちていた。

この人はきっと、いい先生なのだろう。

（……人間界もいい場所なのかもしれないな）

魔界の義務教育では、人間は悪意に満ち、強欲な者が多いと教えられる。

だが、人族だろうと魔族だろうと、いい奴はいい奴なのだろう。

これは人間界に来たからこそ、知ることのできた真実だった。

「さて、それでは授業を再開しますよ〜。あ、エクスくんの席は、フィリス様の隣に用意しておきましたので！」

席に向かって歩き出すフィーに、俺は付いて行く。

彼女の席は一番後ろの扉側の席だった。

「はい、教科書。今日はボクと一緒に見ようね」

席に着くとフィーが机をくっ付けて、教科書を俺に見せてくれた。

「ありがとな、フィー」

「わからないことがあったら、ボクに聞いてね」

こうして、この学園で初めての授業が始まった。

授業は算術。

水準としては魔界の義務教育以上のレベルだ。

この学園は義務教育を終えた人間が集まっているようなので、より高度な知識を学ぶことになるのは当然だろう。

（……しかし、眠い）

魔界でもそうだったが、俺は勉強は得意ではない。

一番好きなのは、戦闘訓練に関わる授業だ。

後は歴史も好きだ。

国の歴史を学ぶというのは、大きな失敗を繰り返さないことにも繋がる。

だが、算術は好き嫌い以上に、眠くなってしまう。

数字との格闘はどんな魔法よりも睡眠を誘――

「つんつん」

「おわっ!?」

眠り掛けていた俺の頬に、柔らかな感触。

フィーの人差し指が、俺のほっぺをツンツンしていたのだ。

「どうしましたか？　エクスくん？」

「あ、いや、すみません……」

先生に謝った後、俺はフィーに顔を向ける。

「エクス、うとうとしてた」

「さ、算術は眠くなるんだ」

小声で俺たちは会話をする。

「頑張って耐えて……眠っている時に敵が襲ってくるかもしれないよ？」

「安心してくれ。俺は眠ったままでも戦えるんだ」

「わおっ！　それは凄いね！　でも、うとうとしてるエクスが可愛いから、ボクはちょっとイジワルしたくなっちゃうかも」

「つまり、また寝そうになったら起こすと？」

警戒する俺に、フィーは小悪魔的な笑みを返した。

言葉はなかったが、それが答えなのだろう。

（……専属騎士《ガーディアン》は、大変な仕事だな）

眠気を必死に堪えながら、そんなことを思うのだった。

※

キ〜ン、コ〜ン、カ〜ン、コ〜ン。

「は〜い！　皆さ〜ん、お疲れさまでした！　午前の授業はこれで終了ですよ〜」

鐘の音が響いた。

人間界では、これが授業終了の合図になっているらしい。

ちなみに魔界では、この鐘の役割をしてくれたのはケルベロスの咆哮だった。

腹まで響くから、眠ってても起こしてくれるんだよな。

「エクス、食堂に行こう」

「おお！　食事の時間か！」

「ふふっ、お待ちかねかい？」

はい、お待ちかねです。

実はかなりお腹が空いていたのだ。

ルティスとの戦いからここまで、何も食べていないからな。

「それじゃあ、案内するよ」

「頼む！」

俺とフィーが席を立った。

それとほぼ同時だったろう。

「――フィリス様、お待たせいたしました。本日はどのように？」

フィーのメイドであるニアが、教室にやって来た。

「今日は食堂に行くよ。エクスも一緒だから」

「かしこまりました」

その言葉にニアは一礼した。

彼女の動作は美しく無駄がない。

これもメイドの作法なのだろうか？

「どうぞフィリス様、エクス様も」

ニアは教室の扉を開く。

「ありがとう、行こうかエクス」

「ああ……」

ニアは多分、メイドの鑑《かがみ》のような女性なのだろう。

時折、フィーを心配するあまりに、完璧なメイドとしての仮面が崩れ去っているが、態度や仕草も含め、主に対する絶対的な忠誠が窺えた。

だが、俺に対して畏《かしこ》まる必要はないように思えた。

「なぁ、ニア。俺のことはエクスでいいぞ？」

「え……で、ですが……」

「様なんて呼ばれるのは慣れてなくて、少しくすぐったいんだよ。だから、な」

「ニア、エクスの言う通りにしてあげてほしい」

「か、かしこまりました。それでは『エクスさん』と……」

「ああ、それで大丈夫だ」

こんなやり取りの後、俺たち三人は食堂に向かった。

食堂はそれなりに賑わっていた。

だが、ごった返すというほどではない。

王侯貴族のお嬢様の通う学園ということもあり、昼食の光景は穏やかな印象だ。

※

「どこか、席を取っておくか？」

「その必要はないよ。ほら、こっち」

フィーに手を引かれて、食堂内にある別室に通された。

その一室は、食堂に比べて明らかに豪華で席の数も少ない。

「ニア、これで適当に頼むよ。今日はエクスがいるから、いっぱい持ってきて」

「かしこまりました」

大量の食券を渡されたニアは、流麗な動作で礼をして部屋を出た。

「エクスは、適当に座って」

「ああ。……なぁ、フィー。ここはなんなんだ？」

「一部の特別な生徒が使える別室——ボクも一応、皇女だからね。特別待遇ってわけさ……」

特別などと言っている割に、フィーは全く嬉しそうではない。

自嘲するような口調だった。

やはり『親』のことが関係してるのだろうか？

「ボクは普段、あまりここを利用しないんだけどね。今日はエクスもいるから来てみたんだ。ほら……ここでなら二人きり、誰にも邪魔されずに食事を楽しめるだろ？」

え？　食事を楽しむのはわかるんですが、なんで椅子を近付けてくるんですお姫様？

「ふふっ、ニアが食事を持ってきてくれるまで、何をしようか？」

「お、大人しく、食事を待っているのがいいんじゃないか……？」

「それじゃあ、ボクが面白くないよ。そうだ、医務室でした質問の続きをしよう。ねぇ、エクスは大きいのと小さいの、どっちが好き？」

主語が抜けている。

だが、その言葉が何を指しているのかを、俺は理解してしまった。

「ど、どっちもいいんじゃないか？」

「なら……ボクみたいな慎ましやかでも、エクスは好きでいてくれるの？」

言って、フィーが俺に抱きついてくる。

むにゅ――と、柔らかな感触が伝わる。

決して慎ましやか……なんてことはない。

しっかりと女性らしい膨らみがあった。

だが、あの女騎士――ティルクがあまりにも例外だったのだ。

「むっ……あの女騎士のことを思い出してるでしょ？」

「うっ⁉」

　ぷくっと膨れるフィー。

　時折、うちのお姫様はとても鋭くなる。

「はぁ……やっぱり女性らしさって大切なんだな……」

「い、いや、フィーも十分女性らしいと思うぞ。その……初めて会った時から……」

「え……初めて会った時から……？」

「いや、その……」

「……言って」

　戸惑う俺に、フィーは真剣な眼差しを向ける。

　どうしたのだろう？

　いつもの小悪魔的な笑みではない。

　何かを期待しているのだろうか？

　考えながらも、俺は思っていることを伝えることにした。

「……綺麗、だと思った」

「綺麗……か。な～んだ……」

　その声音は残念そうだった。

　どうやら、期待していた答えと違ったらしい。

「なんだか、すまん……」

「謝ることないよ。ボクのこと、綺麗だと思ってくれたんでしょ？　エクスにそう思ってもらえたのは嬉しいな」

　フィーは微笑む。

　俺の答えが不満だった……というわけではないようだ。

「折角二人きりの時間なんだ。食事をしながらでいいから、エクスのことを色々と聞かせてほしい」

「ああ、そのくらいならお安い御用だ」

　話していると、コンコン――と、扉がノックされた。

　ニアが戻って来たようだ。

「どうぞ」

　フィーが答えると、扉が開かれた。

「あら？　珍しい方がいらっしゃいますね」

「っ……貴様は！」

　しかし、入って来たのはニアではない。

　セレスティアとガウルだった。

「……キミたちは、ボクたちの蜜月を邪魔しに来たのかい？」

「それは誤解です、フィリス様。ここをいつも利用しているのはわたしの方ですわ」

「うっ……そ、それは……その通りだね」

フィーは普段、ここを使わないと言ってたもんな。

「では、わたしたちも、ここを使わせていただいてよろしいですか？」

「ボクの持ち物ってわけじゃないんだから、断る理由はないよ」

「なら失礼して。ガウルもお座りなさい」

言ってセレスティアは、なぜか俺たちと同じテーブルに座った。

「相席を許可した覚えはないけど？」

「せ、セレスティア様……これはどういう……」

最初に異議を申し立てたのはフィー。

そして、ガウルも納得がいかないのか顔を歪めた。

「いいではありませんか。折角なので交友を深めましょう。それとガウル……丁度いい機会ですから、この場で約束を果たしてくださいませ」

「うぐっ……」

狼狽《うろた》えるガウル。

一体、セレスティアと何を約束したのだろうか？

「決闘に敗北するのはいいでしょう。敗北も時には成長の糧となるのですから。ですが、わたしは約束を守れないような方を、専属騎士《ガーディアン》に選んだ覚えはありませんよ？」

柔和な顔立ちのせいか、優しい印象のあるセレスティアだが、自分の意見はしっかりと主張する女性のようだ。

「うぅ……わ、わかりました。……え、エクス……」

「なんだ？」

って、うわぁ……。

物凄い形相で、ガウルが俺を睨んでいる。

この世の屈辱を全て顔面に凝縮したかのような顔だ。

でもこの顔、どこかで見たことがある。

「き、キミを侮辱するようなことを言ったことを……ぐぅっ」

ギリッと、ガウルが歯を噛み締めた。

あ〜この顔、なんだか思い出せそう。

うん、ここまで出かかってる。

え〜と、そう、そうだ！

「トロールだ！」

「と、トロールだと？　それは魔界に住むと言われる魔物の話か？」

「そうだ。今のお前の顔は、トロールが木の幹に小指をブツけた時とそっくりだ！」

「ぶ、侮辱しているのかあああああああああああああっ！」

やばっ!?　怒らせてしまった。

だが、やはり似ている！

顔立ちではなく、こうクソオオみたいな顔が、非常に似ているのだ！

「ぷっ、ぷぷっ、あはははっ！　ダメ、耐えられない、おっかしい……！　トロールって、トロールって、あれでしょ？　伝承とかに出てくる」

「ふふっ、少し太っちょな魔物ですよね？　わたしも存じ上げておりますわ」

「おい貴様！　姫様方にまで笑われてしまったじゃないか！」

「いいじゃないか！　女の子を笑顔にできるなんて、人気者の証拠だぞ！」

「なに!?　いや、まぁ、確かに僕は学園内では人気があるほうだがな」

ガウルは、僕なら当然か。と、誇らしそうな顔を見せた。

お前、本当にそれでいいのか？　と、俺は心の中で尋ねた。

「……だが、僕を煽《おだ》てても無駄だ。はっきり言っておくが、貴様と仲良くやるつもりはない」

「ガウル……わたしにまた、同じことを言わせますの？」

心臓を抉《えぐ》られるような冷徹な声。

その声の主はセレスティアだ。

ガウルはそのプレッシャーに負けたのか、俺に頭を下げた。

「す、すまなかった、エクス。決闘の件も含め、キミを侮辱したことを許してほしい」

「許すも何も、別に気にしてないぞ」

そもそも、侮辱されたとも思ってない。

どちらかと言うと、妬まれて決闘になったという印象だ。

しかし……このプライドの高そうな男が謝罪を口にするなんて。

ガウルは、セレスティアに頭が上がらないのかもしれない。

「はい。よく言えました。ではこれで仲直りも完了ですね」

言って、セレスティアは笑顔の花を咲かせた。

それとほぼ同時に、コンコンコン――と、ノックの音が聞こえ、部屋の扉が開いた。

「失礼いたします。お食事をお持ち致しました」

ニアが押している移動式の台の上には、美味しそうな料理が並んでいる。

「ありがとう、ニア。さぁ、エクス、食事を楽しもう！　ニアも一緒に食べよう」

「ああ、ありがとうフィー」

「……では、失礼いたします」

こうして俺たちは、五人で昼食を楽しんだ。

ちなみにだが……。

「うっまあああああ～～～～～～～～～～～～！」

人間界の食事はとんでもなく美味しかった。

もしかして、魔界の食事ってもしかして、クソマズ？

正直、ハチミツよりも美味い物を食べたのは生まれて初めてだった。

肉ってこんな柔らかいものなの!?

豚のモンスター、ブータの肉とかめっちゃ固いよ。

ミルクって甘いものだったの!?

ドラゴンのミルクは臭みが強くて、味も苦いぞ。

俺は今まで、何を食べて生きてきたんだ？

とにかく、全てが衝撃だ。

「エクスは、本当に美味しそうに食べるね。見てるボクまで嬉しくなっちゃう。い～っぱい、食べていいからね！」

そんな俺を、フィーは優しい眼差しで、眺めているのだった。

※

「全く……とんだ大喰らいだな貴様は……」

食後の休憩中。

テーブルに置かれた皿の山を見たガウルは、呆れるように言った。

「ボクは沢山食べる男の人って好きだな」

「わたしも男らしくていいと思いますわ」

「おいメイド！　もっと食事を持ってこい！　丼《どんぶり》でだ！」

こいつ、本当に調子いいなぁ……。

ニアが持ってきた料理に、ガツガツ喰らいつき始めたぞ。

「エクス、まだ食べるかい？」

「いや、もう満足だ。とても美味かった。食事で至福を感じたのは生まれて初めてだ！」

「大袈裟だなぁ……。でも、この学園の食堂は最高級の食材を使っているから、中々食べられる料理じゃないのかもね」

「……最高級……。なんだか高そうなものをご馳走になってしまった……」

「エクスのお陰で食券がいっぱいあるんだから、気にしなくていいよ。キミのお陰で手に入ったようなものだからね」

「ぐっ……ぼ、僕に勝って得た食券でただ飯ぐらいとは……！」

「キミ……今の発言は失礼じゃないかな？」

「はっ!?　い、今のはフィリス様に言ったわけでは!?」

ガウルは勢いよく頭を下げた。

俺に対しては上から目線だが、お嬢様方に対しては本当に弱いようだ。

「キミの分の食券も出してあげようと思っていたけど……そんな気分じゃなくなっちゃった」

フィーは機嫌を損ねてしまったようだ。

「そう言えばガウル……あなた、食券もなしになぜ食事をしているのです？　お金はあるのですか？」

「セレスティア様、これでも僕は一年首席です。それなりの給料を得ています」

「元首席、でしょ？　決闘のペナルティには財産没収もあったわよね？」

「はっ!?」

つまり、今のガウルは文無しになってしまったようだ。

口をぽっかりと開き、今にも魂が飛び出しそうになっていた。

う～ん……やはりどこか憎めない奴だなぁ……。

「今頃、円卓生徒会の連中がキミの部屋にある物を強制徴収してるかもね」

円卓生徒会？

それは、魔界で言うところの魔族生徒会だろうか？

成績優秀者が集まって、学校の方針を決めるんだよな。

俺の後輩にも魔族生徒会に所属している奴がいて、

『エクス先輩、西の統一は完了ですね。次は東の学園を制覇しちゃいましょう！』

よく、こんな感じの事を言ってたっけ。

ちなみに俺は、魔界に存在する全ての学園の統一を成し遂げた。

そして、魔界番長と呼ばれる事になるのだが……まぁ、それは別の話だ。

魔王と比べると、だいぶ格が下がるので、今思うと恥ずかしい。

「はぁ……仕方ありませんね。わたしが出しておいてさしあげます」

「セレスティアお嬢様!?　ありがとうございます！　ありがとうございます！」

ガウルは涙目で大感謝だった。

「セレスティアは優しいな」

「貴様、お嬢様に色目を使うんじゃない！」

「ガウル、払いませんよ？」

「申し訳ありません！」

しゅばっ！　と頭を下げるガウル。

ほんと、この切り替えの早さは尊敬するぞ。

「さて、少し休憩もしたしそろそろ行こうか」

「あら？　わたしはもう少し皆さんと談笑したいのですけど？」

「もう十分だよ。エクス、ニア、行こうか」

俺たちが席を立とうとした——その時だった。

バン！　と勢いよく扉が開いた。

「なんだ!?」

瞬間、ガウルはセレスティアを守るように前に出る。

（……へぇ、身体を張ることはできるんだな）

突然の事態にも臆せず対応したガウル。

まだまだ実力は足りていないが、咄嗟《とっさ》に行動できるのは日頃の訓練の賜物だろう。

「は〜〜い！　失礼します！　騎士新聞の取材、取材ですよ〜〜！」

だが、現れたのは刺客ではない。

殺気を放っていたわけでもなく、気配を隠していたわけでもないからな。

「き、騎士新聞……？　って、ミーナお嬢様!?」

ガウルは直ぐに警戒を解いた。

どうやら知人らしい……が、とんでもない元気娘が現れたな。

オレンジのショートヘアーで、活発な印象のある女の子だ。

って、あれ……？

「あ……お前、賭けの元締めじゃないか！」

「ありゃ？　気付いてたんだ……観察力があるね！　流石は学園期待のニューフェイス！」

いや、普通気付くぞ。

あれだけ大騒ぎして、クラス中に賭け事を持ち掛けてたんだからな。

「あ、一応自己紹介しておくね！　あたしはミーナ・マクレイン。騎士新聞部に所属してるんだ！」

そう言って、嫌味のない笑みを俺に向けた。

悪い奴ではなさそうだ。

しかし……お嬢様が新聞か。

なんというか、イメージが湧かない。

魔界にも新聞はあり、毎朝、ロック鳥という巨大な鳥が家まで配達してくれる。

そこには様々な情報が記載されており、ここの魔族とあそこの魔族がやりあった……みたいな情報が簡易的に、面白おかしく書いてある。

どちらかと言えば、娯楽的な要素が強い代物だ。

「彼女のご実家は出版社でもあり、多くの出版物を扱う書店も経営されています。ユグドラシル全土に広がるほど、数多くの店を構えているのですわよ」

「偉そうに聞こえるけど、元々はただの新聞屋だよ。それが売れに売れて、ここまで成り上がっちゃったわけ。気付けば爵位までもらうくらいにね」

セレスティアの説明に、ミーナ自ら補足を加える。

要するにこの新聞娘の実家は、凄い金持ちの有力者なのだろう。

「……自己紹介はいいけど……キミ、ここがどこか理解してる？」

「皇女様！　そんな不機嫌そうな顔しないでください！　これも騎士新聞部のお仕事なんですから～！」

新聞娘はフィーに縋《すが》った。

ここは一部のお嬢様のみが入室を許された特別な一室。

本来、ミーナに使用許可はないようだ。

「……一応、話は聞くけど、取材っていうのはボクのエクスに？」

「勿論です！　入学初日、突如現れ首席《ガウル》を倒した期待の新人！　しかもフィリス様の専属騎士《ガーディアン》！こんなの取り上げないわけにはいきません！」

話しながら、ミーナは猛烈な情熱を発した。

この野次馬根性、正に新聞記者に向いているだろう。

「どうか、どうかフィリス様！　あたしに取材をさせてください！」

勢い任せに頼み込まれて、フィーは逡巡する。

「……まぁ、エクスがボクの専属騎士《ガーディアン》だって広めるには、騎士新聞も悪くないかな。まだ上級生たちも知らないだろうからね」

「おっしゃる通り！　あたしが記事にすれば、バッチリ全校デビューです！　フィリス様が、た～いせつな専属騎士《ガーディアン》であるエクスくんを独占していること、全校生徒に伝えちゃいましょう!!」

「キミ、いいこと言うね！　エクス、全校生徒たちにドカーンとデビューしちゃおう！　ボクの専属騎士《ガーディアン》だってアピールはバッチリしてね！」

「あ、ああ……」

だが、俺は何をどうすればいいのだろうか？

「昼休み終了まで時間がありませんね！　では早速、エクスくんにインタビューを！」

それから昼休みが終わるギリギリまで、俺とフィーはミーナの取材を受けた。

ちなみにセレスティアとガウルのコメントも、一部記事には載るらしい。

※

騎士新聞！　号外！

『一年首席、薔薇姫の専属騎士《ガーディアン》に完全敗北！』

まだご存知ない方も多いでしょう！

なんと本日、孤高の薔薇姫――フィリス・フィア・フィナーリア様が専属騎士《ガーディアン》を選ばれました！

そして騎士新聞部では、薔薇姫を見事に射止めた専属騎士《ガーディアン》――エクスくんへのインタビューに成功しています！

「エクスくん、フィリス様を射止めた切っ掛けは？」

「誘拐犯からフィーを助けたんだ」

なんと!?　既に愛称で呼ぶほどの仲。

警護対象と専属騎士《ガーディアン》は時に恋愛感情に結び付く……なんて話もございますが、お二人の関係はどこまで進まれているんですか？

あたしはそんな遠慮のない質問をぶつけました。

「もう身も心も繋がっているよ」

なんとびっくり!?　フィリス様自らがお答えくださいました！

「え、いや、そのニュアンスは、少し違和感があるんだが？」

「これでいいの！」

などというインタビュー中のイチャイチャ！　これには学園内だけではなく、ユグドラシルの王都キャメロットも驚愕なのではないでしょうか!!

しかし、単純な恋愛感情だけでフィリス様は専属騎士《ガーディアン》を選ばれたのか……と言えば、そんなことはないのです！

これも最新の情報ですが——本日早朝、一年の騎士首席であるガウル・クロフォードくんが、ある人物に決闘を申し込み大敗北を喫しました。
そう——その人物こそがフィリス様の専属騎士《ガーディアン》、エクスくんなのです！
入学初日で一年の騎士序列のトップに立った彼のこれからを騎士新聞——そしてあたしミーナ・マクレインも注目していきたいと思います！

※

放課後——この新聞は号外として配られた。
ちなみに隅っこの方に、
『首席から転落、エリート専属騎士の今！』
という記事もあったのだが、そちらは機会があれば語らせてもらうとしよう。

※

この新聞が配られた少しあと。

「へぇ……ガウルくん、負けちゃったんだ。ざ～んねん。彼には折角、円卓生徒会に入ってもらおうと思ってたのになぁ……」

とある一室に複数人の生徒が集まっている。

そこでは、ある会議が行われていた。

「どうする……？　このエクスって子、うちに入れる？」

「本人が入りたきゃでいいんじゃねえか？」

「まずは意志を問うてみては？」

現在行われている会議の内容は、一年首席のガウルを倒した専属騎士《ガーディアン》――エクスを円卓生徒会に所属させるかについてだ。

「お嬢様方はいかがでしょうか？」

凛とした声の騎士が尋ねた。

この場にいるのは、学園ベルセリアの上位貴族と、その専属騎士《ガーディアン》たちだ。

彼らは『円卓生徒会』と呼ばれ、学園内で一定の権力を有している。

「この機会に、フィリス様が生徒会に入ってくださればいいのですが……」

「あ～しもフィリス様と話してみたいわ～。あの方って、他人を寄せ付けない感じだから、ほっとんど話したことないのよね」

生徒間での問題は、基本的に決闘《デュエル》によって解決する事となっているが、それではどうしようもないような事件――そういった問題に対処するのが円卓生徒会の仕事だ。

彼らによって学園の秩序は維持されていると言っていいだろう。

「会長は……？」

あるお嬢様が尋ねた。

会長――それはこの学園の生徒の頂点に立つ貴族。

「……私？　……そうね。面白くなるほうでいいかしら？」

「ははっ！　それは会長らしいなぁ！」

苦笑が部屋の中に響く。

こんな感じで優雅に楽しく会話をしているが。

彼女たちが想像しているよりも遥かに、エクスが化物級の強さだったりする。

それを、ここにいる者たちが知るのは、もう少し先の未来だった。

第三章　深まる二人の仲

放課後、学園の生徒たちは大騒ぎだった。

それは少し前に配られた号外が関係している。

「なぁ、フィー。ミーナが午後の授業に出ていなかったのは……」

学園校舎を出た辺りで、俺はフィーに尋ねた。

「この号外を書いていたんだろうね……」

お姫様は苦笑を浮かべた。

「でも、いい仕事をしてくれたよね。ほらこれを見て、ボクらのラブラブっぷりがしっかりと伝わるよ」

しっかりと確保していたようで、フィーが号外を俺に見せた。

う～ん……。

完全に娯楽感の強い記事だな。

「ところでフィー。俺たちは今、どこに向かってるんだ？」

「どこって、授業が終わったら帰るだけだよ」

「帰るのはいいんだが……俺はどこに帰ればいいんだ？」

まだ住居の場所を聞いていない。

一応、衣食住完備……って、言ってたもんな？

「案内するから付いて来て」

「助かる」

案内してもらった後、俺はフィーを家まで送り届けよう。

彼女の専属騎士《ガーディアン》として、そのくらいの事はしないとな。

※

「ここが学園の寮だよ。今日からエクスが住む場所だ」

「これが寮!?　物凄く立派な建物じゃないか!?」

一瞬、城かと思った。

学園校舎よりも立派なんじゃないか？

流石は貴族たちが通う学園だな。

専属騎士《ガーディアン》が住む建物ですら、豪華絢爛《けんらん》だ。

「なにぼけっとしてるの？　早く入るよ」

「え？　フィーも入るのか？」

「フィーもって……当然だよ。ボクもここに住んでいるんだから」

なんだと？　え〜と、聞き間違えかな？

「もっと言うと、今日から同じ部屋に住むんだよ？」

「え…………ほんとか？」

「本当だよ」

いやだってさ、ここに住んでるのは貴族のお嬢様方だろ？

フィーなんて皇女様なんだろ？

それが専属騎士《ガーディアン》だからと言って、一緒に住むというのは……。

「あ、もしかしてエッチなこと考えてる？」

「かかかかかかか考えてるわけないだろ！」

うちの皇女様がニヤッと、からかうような笑みを浮かべる。

だが、そんなイタズラな表情はとても魅惑的だった。

「エクスは専属騎士《ガーディアン》だ。常に傍にいて、ボクの身を守らなくちゃいけない。それがキミのお仕事だよ！」

「な、なるほど……あくまで、警護の為ということだな」

「そうそう。ふふっ、今日からエクスとの生活が楽しみだなぁ。ボクの方から、襲っちゃうかも」

何やら不穏な言葉が聞こえた。

フィーの挑発的な微笑からは、妖艶な香りがする。

なんだか、身の危険を感じてきた。

「さ、早く行こう」

「……あ、ああ」

き、きっと冗談だろうな。

悪ふざけだ。

そうに違いない。

俺は自分を納得させ、意を決して寮の中に入った。

※

寮は全十階。

その最上階にフィーの部屋はあった。

扉の間隔がかなり広くとられている為、室内は相当広いだろう。

「さ、入って」

「し、失礼します」

「なんだか他人行儀だな。今日から自分の部屋になるんだから、好きに使っていいんだよ」

初めて女の子の部屋に入るから、どうにも緊張してしまう。

俺が入ったことのある女性の部屋といえば、家族《ルティス》の部屋くらいだからな。

それを話したら、フィーにからかわれてしまいそうだから言わないけれど。

「荷物は適当に置いてね」

「……凄い部屋だな」

予想はしていたが、室内はとんでもない広さだった。

芸術的な装飾品の数々が部屋を彩っている。

魔王城にも様々な装飾品があったが、比べ物にもならないほど美しいものばかりだ。

飾ってある絵など見ているだけで心が澄んでいく。

それに比べてルティスの部屋にあった、【勇者の絶望】という絵はひどかった。

どういう絵なのかっていうと、魔王（ルティスに似ている）に勇者（らしき人物）が泣かされている絵だった。

「その絵、好きなの？」

「いや、絵が好きというよりは、育ての親のことを思い出していた。あいつの部屋にも絵が飾ってあったんだ」

「育ての親……？　じゃあエクスの本当の親は……？」

「ああ、俺は本当の両親を知らない」

いや、正確には最近まで知らなかった……か。

父親は勇者らしいからな。

「……そうなんだ。でも、エクスは選定の剣を抜けたんだし勇者様の子孫なのは間違いないよね」

「あ……」

今、選定の剣の話題が出て思い出した。

学園長室に置いて来てしまった剣を、まだ回収してない……。

「どうかしたの？」

「あ、いや……なんでもない」

まぁ……でも、いいか。

今のところは使う機会はない。

まだ鞘もないしな。

今度町に出た時に、あれに合う鞘を探してみよう。

「ねぇ、エクス。キミを育ててくれた人の話、聞いてもいいかな？」

「ああ、構わないぞ」

「じゃあ、こっちに来て」

フィーはベッドに座り足を組んだ後、ポンポンとその隣を叩いた。

どうやら隣に座れということらしい。

促されるままに、俺はベッドに腰を下ろした。

——ふわり。

「うおっ！　柔らか！　ここで寝たら寝心地が良さそうだな！」

「今日からキミのベッドでもあるんだよ」

言われて周囲を見回す。

ちょっと待ってほしい。

驚愕の事実が発覚した。

ベッドが……一つしかないんだが……。

まぁ、俺は床で寝ればいいか。

「……え～と、ルティスさんの話だったよな」

「ルティスさんって言うんだ」

「ああ。あいつは色々と、とんでもない奴だ。一言で表すと……そう！　規格外という言葉が似合うな」

「規格外かぁ……うん、エクスを見てると、なんとなくわかるかも」

「俺なんて比にならないくらいだ！　まず……」

フィーに、魔王ルティスの伝説を聞かせた。

指先一つで地割れを起こし、魔法を放てば大地を消し飛ばす。

大喰らいだし、わがままだし、大好物のハチミツの取り合いになった時なんてもう酷い。

「デコピンの最大威力がもう凄くて！　俺は何度も泣かされたんだ！」

「あはっ、それで泣かされるって、どんな痛いデコピンなんだよ」

「本当に魔王的な女なんだ」

「話を聞いていると、伝承の魔王みたいだね。でも……エクスは、ルティスさんのことが好きなんでしょ？」

「好き……か。う〜ん……」

あまり考えたことがない話題だ。

だが、そうだな。

「好きだな。俺は、ルティスの悪いところを沢山知っている。でも、その悪いところよりも多くいいところを言える。あいつは人を傷つけるような嘘を言わない。それに裏表もない。いつも真っ直ぐに俺と向き合ってくれた」

育ての親ではあるが、友達に近い。

でも、家族でもあるような、そんな存在だ。

「そっか……。羨ましいな」

ルティスの話を聞いたフィーは、寂しそうに笑った。

「羨ましい？」

「ボクは家族――お父様と仲がいいわけじゃないからさ。……それどころか、あまり話せた事もないんだよ。小さい頃くらい、だったかな」

「そうなのか……」

「まぁ……どこの国の皇族も似たようなものだよね。皇帝はお忙しい方ですから……なんて、昔はニアに言われていたよ」

フィーは自嘲気味に笑う。

どうにもならない事だとわかっていても、納得できない想いがあるのだろう。

「……ニアとはもう、長い付き合いなのか？」

「うん。ボクが王都にいた頃からだから、十年以上の付き合いになるね。その頃からずっと、侍女をしてくれてるんだ」

プリンセスの表情に笑みが戻った。

同時に俺は、フィーがいなくなった時の、ニアの慌てっぷりを思い出す。

きっと二人の間には、主と侍女という以上の深い繋がりがあるのだろう。

「俺にとってのルティスが、フィーにとってのニアなんだろうな。家族というか、友達というか……大切な人と言うと、なんだか恥ずかしいが……」

「でも、そういう感じだよね。エクスを除けば、ボクの中で唯一信じられる人かもしれないな」

話しながらフィーは柔和に笑う。

その表情を見ているだけで、彼女がニアを、どれほど大切に思っているか伝わってきた。

大切な誰かを想う時、人は自然に優しい笑顔になってしまうのだから。

「ふふっ、なんだか、しんみりしちゃったね。不思議だな。今日会ったばかりなのに、エクスにはなんでも話せちゃう。ボクはあまり……自分を素直に伝えられる方じゃないんだけどな」

「話したいことがあったら、なんでも言ってくれ。それでフィーが喜んでくれるなら、俺は嬉しい」

「っ……も、もう！　ボクがからかう時は照れてばっかりなのに……キミは、そういうことは素で言えちゃうのかい……？」
珍しく、フィーが赤くなっている。
でも直ぐに、
「……でも、ありがとう、エクス」
笑顔の花を咲かせてくれた。
それは思わず目を奪われてしまうほど可愛い。
気付けば、俺たちは自然と見つめ合っていた。
「エクス……」
甘い声で俺を呼び、フィーは目を瞑《つむ》る。
え？　ちょ!?　こ、これって……。
そ、そういうこと……だよな？
でも、ちょっと待ってくれ。
相手は国の皇女様だぞ？
いいのか、俺、いいのか？
確かにフィーは好感の持てる女の子だ。
が、俺たちはまだ知り合ったばかりだぞ。
徐々に俺は、彼女に惹かれ始めている。
だけどこういう事はもっと互いを深く知ってからするべきじゃないだろうか？

フィーの唇が微かに震えている。

バクバクする鼓動を感じながら、俺は……。

──コンコン。

唐突のノック。

どうやら、まだその時ではなかったらしい。

「……はぁ……またの機会、かな」

瞑っていた目を開き、フィーは苦笑する。

「ニアかい？　入っていいよ」

「はい。失礼いたします」

許可の後、扉が開かれた。

一礼してからニアが部屋に入って来る。

「エクスさんにお渡しする品が揃いましたので、お持ちいたしました」

「ありがとう。エクス、受け取って」

俺はニアから革袋を受け取った。

中には制服や授業で使う教科書などが入っている。

「すまないニア。色々と準備してくれてたんだな」

「お気になさらないでください。これもフィリス様の為ですから。制服のサイズを目算しておりますが、万一、合わなければお申しつけくださいさい」

目算？

それで大丈夫なのだろうか？

俺はそんな思いと共にニアを見た。

するとニアは『大丈夫です！』と伝えるように頷く。

「一度、着てみたらどうかな？　それに、エクスの制服姿はボクが最初に独占したいからね」

我が姫のお望みとあれば——と、俺は制服に着替えようと思ったのだが……。

「どこで着替えればいい？」

「ここでいいよ」

迷わず即答!?

「せ、セクハラだ！」

「男の子でしょ？」

「だ、男女差別だ！」

「エクスって、照れ屋さんなんだね。なら脱衣室を使うといいよ」

そう言って、フィーが部屋の中にある扉の一つを指し示した。

俺は脱衣室に入って、パパっと着替える。

目算と言っていたが、サイズはぴったりだ。

脱衣室を出て、フィーにその姿を見せる。

「うん！　とても似合ってる。カッコいいよ」

「お似合いです。エクスさん。ただ……」

何か問題があったのか、ニアが俺に迫って来た。

そして首元に触れる。

「ネクタイは、しっかりと結んだ方が美しいです」

赤いネクタイに触れたニアが、しっかりと結びなおしてくれた。

この首を締め付けられるような感覚が好きではないのだが、今は我慢しよう。

折角、ニアが結んでくれてるんだしな。

「はい、これでバッチリです！」

「ありがとな、ニア」

「いいえ。フィリス様、いかがで——ふぇ!?」

ニアが変な声を出した。

どうしたのか？　と、彼女の視線を追う。

「恋人同士みたいなやり取りだね、今の」

「フィリス様、誤解です！　わたくしは、エクスさんがフィリス様のお隣に立っても恥ずかしくないようにと！」

「そういうことするなら、ボクがしたかったのに……」

ツ～ンと、フィーは機嫌を損ねてしまった。

「す、拗ねないでくださいませ！」

「エクスも鼻の下を伸ばしてたしさ……」

俺にも飛び火した⁉

いや待て、それは誤解だ。

「も、もう！　フィリス様ってば！　あまり意地悪するなら、わたくしも拗ねますからね！」

言われてばかりなるものかと、攻勢に出たニア。

やられてばかりの俺とは大違いだ。

流石にフィーとの付き合いが長いだけのことはある。

「あははっ、ごめんごめん。冗談だよ。さて、夕飯まで時間もあるし……ボクたちはのんびり過ごすつもりだけど、ニアもおしゃべりに加わるかい？」

「できればそうしたいのですが、まだ仕事が残っておりまして……。フィリス様からのお誘いにも拘《かか》わらず、申し訳ございませんが……」

「いいよ。でも、時間が出来たら久しぶりに、ゆっくり話でもしようか」

「はい。喜んで……！」

そして、ニアは一礼してから部屋を出て行った。

「さて……」

ニアが出て行った後、フィーは立ち上がり机に置かれた何かを手に取った。

「……エクス。これを渡しておくね」

「これは……指輪、だよな？」

だが、普通の指輪ではない。

選定の剣と同様に、不思議な力を感じた。

「これは、結合指輪《コネクトリング》って言うんだ」

「結合指輪《コネクトリング》？」

魔界では聞いたことがない名前だ。

「魔法道具《マジックアイテム》の類いか？」

「それに近い物かな。この学園では、貴族生徒が専属騎士《ガーディアン》を持ったお祝いに、この結合指輪《コネクトリング》が渡されるんだ。でも、これはただの装身具じゃない。身に付けた二人に特別な祝福を与えると言われているんだよ」

「祝福？　どんな効果があるんだ？」

「それは人によって様々らしいけど。でも、基本的には専属騎士《ガーディアン》の能力が大幅に向上したり、結合《コネクト》した時に仕える特別な力もあるんだって。ボクは今まで専属騎士《ガーディアン》がいた事がないから、詳しくはわからないんだけど……」

特別な力……か。

なんだかとても興味深い。

早速、試してみたくなった。

「指に嵌《は》めてみてもいいか？」

「勿論！　嵌めるのは、左手の薬指ね」

「何か意味があるのか？」

「最も強い効果を発揮するのが、左手の薬指らしいよ。後、個人的にそれが嬉しいかなって」

「わかった。どうせなら、効果が強い方がいいもんな」

「うん。じゃあ、はい」

フィーが俺に手を差し出した。

指輪を嵌めて。ということらしい。

結婚する……というわけでもないのに、なんだか緊張してしまう。

だが躊躇《ちゅうちょ》してはいられない。

俺はフィーの手を取り、左手の薬指に指輪を嵌めた。

「じゃあ、次はボクの番だね」

次は俺が手を差し出す。

フィーの手が俺の指先に優しく触れた。ひんやりしていて心地いい。

「エクスの手は、いつも温かいね」

「フィーの手は、冷たいな」

「エクスに温めてもらう為に、冷たいのかもよ？」

ピタッと触れて、フィーが俺の手を包み込んだ。

「……本当にひんやりしてる」

「ふふっ、じゃあ嵌めるね」

　ゆっくりと、フィーが俺の薬指に指輪を嵌めていく。

「……特に変化はないな？」

　何か強力な力が湧いて来る……という感覚もない。

「ボクとエクスなら、この指輪を使いこなせると思ったけど、そう簡単にはいかないか。……実は結合指輪《コネクトリング》を使いこなせる生徒はほとんどいないんだよ」

「そうなのか？　……何がダメなんだろうな？」

「互いを深く理解し、信じ合うこと。想いの力が、互いの想いを繋ぐ――なんて伝承の一説にあるね。それと……もしかしたら、なんだけど、この結合指輪《コネクトリング》が学園支給の物とは違う特別製――王家の指輪なのもいけないのかも」

「王家の指輪？」

「うん。これはユグドラシル帝国の皇族――フィナーリア家の者と、その専属騎士《ガーディアン》だけが所持と使用を許される指輪なんだよ」

「そ、それって……とても大切な物なんじゃないか？」

「うん。だからこそ強力な力を発揮してくれるんじゃないか……なんて期待していたんだけどね。今のボクたちじゃ……まだ使いこなせないみたいだ。ちょっと悔しいな」

　フィーがベッドにバタンと倒れる。

　長く美しい薄紅色の髪が揺れた。

「……まぁ、徐々にでいいんじゃないか？　互いを信じ、深く理解し合う。きっと――俺とフィーなら、いつか結合《コネクト》できるさ」

「そう、だよね。うん！　焦っても仕方ない。ボクたちは、ボクたちのペースで進めばいいよね」

ベッドから身体を起こすフィーは、暗く沈んでいた表情を明るく変えた。

いつか結合《コネクト》はできるようになるのか？

その時に俺たちの関係はどう変わっているのか？

まだわからない事だらけだけど……きっといつか、俺とフィーなら結合指輪《コネクトリング》を使いこなせる。

そんな予感がしていた。

※

寮での食事は、ニアが部屋まで持って来てくれた。

寮内にも食堂はあるらしいが、フィーはあまり利用していないらしい。

二人きりの楽しい食事の時間……ではあったのだが、

「エクス、あ〜ん……」

「あ、あ〜ん……」

こんなやり取りをさせられて、ドキドキが食事のおいしさを上回っていた。

正直、俺は赤面を堪えるのに必死だった。

「ねぇ、エクス。ボクにはしてくれないの？」

「お、俺が、するのか？」

「ボク、してほしいな」

甘く囁く妖艶な小悪魔に、俺は逆らえない。

フィーはとてもわがままで甘え上手だ。

「あ、あ～ん……」

「んっ……れろっ、れろっ……も、もう、エクス……そんな大きいの、ボクのお口には、いっぺんに入らないよぉ……」

はい？

あの……俺はこの『ソーセージ』という食物を、お口に運んだだけなんですけど？

なんだ？　なんだこの気持ち!?　胸が熱くなる……。

「や、やっぱり自分で食べてくれ！」

「あっ……もう、食べてる最中だったのになぁ……」

うぅ……辛い。

楽しい気持ちもあるのに、なんだかとても辛い。

これは、魔界にいた時には味わったことのない気持ちだった。

※

さらにドキドキの事態は続く。

「エクス～、折角なんだしさ。一緒に入りなよ」

「い、いい！」

今、フィーはお風呂に入っていた。

扉越しでも、水の跳ねる音が聞こえる。

実は俺は、三年連続で魔界聴力最強決定戦で優勝しているほど耳がいい。

これは俺の自慢の一つでもあるが、今は自分の耳の良さが憎かった。

「友好を深めれば、結合指輪《コネクトリング》だって、使いこなせるようになるかもよ？」

「それとこれとは別問題だ！」

「はぁ……エクスってばとっても強いのに、意気地なしなんだなぁ。そんなことじゃ、もし浴室でボクが襲われたとしても——わっ!?」

バタン！　と、浴室から音が聞こえた。

「フィー!?」

なんだ!?　まさか本当に襲撃者が!?

俺は慌てて浴室に向かい扉を開いた。

すると、

「いたた……あははっ、転んじゃった」

「はぁ……驚いたぞ。もし頭でも打ったりした……ら……」

転んだフィーに手を差し出そうとした。

だが、それどころではなくなった。

真っ白なフィーの肢体が目に入る。

彼女の身体は真っ白で、綺麗で……柔らかそうで……って、何を冷静に見てるんだ俺は!?

「……見られちゃったね」

「っ!?」

変な声が出てしまった。

「あ、どうせ見たんだったら、一緒に入ればいいのに……」

拗ねるような声が聞こえた。

だが、無理。絶対無理！　見て確信した。

フィーの身体は俺の目には毒だ。猛毒だ！

だって、こんなに鼓動が激しく乱れるんだぞ！

俺は今日だけで寿命がかなり縮んでいるんじゃないか!?

それから、フィーのお風呂が終わるまで、俺の緊張は続いた。

※

なんとかお風呂の恐怖を乗り切り、後は寝るだけだ。

（……はぁ、やっと休める）

そう、本来なら休めるはずだ。

だが俺の胸の高鳴りが睡眠を邪魔する予感がしてならない。

「そろそろ寝ようか。エクス、明かりを消してもらってもいい？」

煌びやかなシャンデリアが照らす室内。

この光は魔力によって生み出されていた。

スイッチを押すとシャンデリアに魔力が流れ、光の魔法が発動するようになっている。

こういう魔法道具《マジックアイテム》は魔界にもあった……が、魔王城は部屋の明かりに蠟燭《ろうそく》を使っていた。

理由をルティスに尋ねると、

『魔王っぽくてカッコ良かろう！　わらわ、カッコ良かろう！』

要するに見た目の問題だったらしい。

「じゃあ、消すからな」

カチッと、スイッチを押す。

すると、部屋の明かりが消えた。

「寝台のランプを点《つ》けるね」

真っ暗闇の室内に、小さな光が灯る。

「明かり、眠る邪魔にならない？」

「このくらいなら大丈夫だ。俺は床で寝るから」

「だ〜め。エクス、きて……」

ベッドに座るフィーが、俺に両手を向けた。

「いや待ってくれ。ありがたい申し出だが、床よりも眠れなくなりそうだ」

「いい感触のベッドだって言ってたのに？」

ベッドは素晴らしい。

多分、一人でなら即行で眠れるだろう。

だがフィーと一緒となると……。

「ボクと一緒は、イヤ？」

「ち、違う。嫌《いや》という感覚じゃないんだ。俺自身、どう答えていいのかわからないが……」

「……なら、ボクが眠るまでの間でいいから、傍にいて。それでなら、いいでしょ？」

「……わかった、それなら問題ない」

俺はベッドに座り、フィーに寄り添う。

「手、握って」

差し出された手を握る。

フィーの手はやはり冷たい。

「ふふっ、子供の頃以来だなぁ。こんな風に、誰かの手を握って眠るのは……」

懐かしそうに言って、フィーは柔和な笑みを浮かべる。

それはきっと、大切な思い出なのだろう。

「今日は久しぶりに、安心して眠れそう。エクス、ボクが眠るまではこの手を離しちゃやだよ」

学園では気の強い俺のお姫様だが、二人きりの時は甘えてくる。

気高く美しい皇女としての一面もあれば、子供っぽい笑みを浮かべる無邪気さもあって、今日だけでフィーの色々な一面を見れた気がした。

「ああ、約束だ。フィーが眠るまでは絶対に離したりしない」

「エクス……ボクのこと、甘えん坊だと思ってるでしょ？」

「そういう一面もあると知った」

「エクスにだけだよ。久しぶりなんだ……こんなに誰かといて、安心できるの……」

「そうか」

「うん……だから、ね……。ボクの、傍にいてね。黙って、いなくなっちゃったらやだよ。ボクのこと、嫌いになったらやだよ」

「ああ。俺は黙っていなくなったりしない。それに、もしこの先ずっと一緒にいて、フィーと喧嘩することがあっても、嫌いになんてならない。きっと――新しいフィーの一面を知って、今よりももっと好きになる」

「えへへっ……そっか。それなら……うれしいなぁ……」

フィーは直ぐに眠ってしまった。

凄く、疲れていたのかもしれない。

朝から誘拐犯に襲われ、選定の洞窟へ行ったりと、色々あったもんな。

（……さて、フィーも眠ったことだし、俺も寝るか）

そして握られた手を離そうとした。

すると、

「……おかあ、さま……」

母を呼ぶフィーが、俺の手をギュッと握る。

（……フィーの母親、か。どんな人だったのかな？）

フィーはどんな夢を見ているのだろうか？

俺にそれはわからないけれど……。

（……もう少しだけ、フィーの手を握っていよう）

握られた手を優しく握り返す。

すると、フィーは安らかな顔に変わった。

「……ちゃんと、傍にいるからな」

これが、俺とフィーとの一日目の終わり。

夜の会話はそれほど盛り上がりを見せなかったけれど、それでも心に充足感を与えてくれた。

※

それからさらに夜の闇が深まった頃。

（……眠れん！）
予想していたが眠れなかった。
外の風にでも当たろうか？
暖かいこの時期であれば、夜の風も心地よさそうだ。
そんなことを考えながら、俺はカーテンを開き窓の外を眺めた。
（……うん？）
寮の裏にある大樹の傍に、メイド服を着た少女が見えた。
あれは……ニアだよな？
何をしているのだろうか？
なんだか気になる……。
（……ちょっと行ってみるか）
俺は部屋の周囲に防御壁を張った。
魔王の攻撃でも何度か防げるほどの強度だ。
魔力を大幅に消費するが、これでフィーの安全を守れるなら安い物だろう。
「よっと」
音を立てないように窓を開き——飛び降りた。
重力制御《グラビティ》を使い、着地の音を抑える。
そして、気配を消してニアに近寄った。

「……第五皇女が専属騎士《ガーディアン》を任命いたしました。はい……。正体はわかりませんが、エクスという少年です」

手に持ったコンパクトサイズの鏡に向かって、ニアが話しかけている。

念話《テレパス》を可能にする魔法道具《マジックアイテム》だろうか？

だが、会話の相手は誰なのだろう？

「……実力は不明ですが……少々気になる事が。エクスは選定の剣を抜いたようでして……」

ああ、もしかしてこれ、皇帝と話をしてるのか？

なんだ。

フィーが父親と仲が悪いなんて言ってたから、少し心配していたんだが、なんだかんだで、娘を心配してるんだな。

そうだよなぁ……身元不明の俺が、フィーの専属騎士《ガーディアン》っていうのは、メイドのニアからしたらやはり不安材料にもなるだろう。

「……っ！　誰です!?」

「あ……すまん、俺だ」

ニアが振り返った。

持っていた魔法道具《マジックアイテム》を慌てて隠す。

「……エクス、さん……き、聞かれていたのですか？」

「すまん……窓の外から、ニアが見えたものでな。こんな時間にどうしたのかと思い追って来たんだ。皇帝と話をしていたんだろ？　フィーを心配してるんだよな？」

「え……ぁ……そ……それは……」

ニアが目を逸らした。

どうやら話したくない……いや、話せないことらしい。

王家に仕えるメイドとしての務めが、彼女にはあるのだろう。

「無理に聞きたいんじゃないんだ。話の邪魔をして悪かった。俺はもう行くよ」

踵《きびす》を返して、この場を立ち去ろうとした。

「エクスさん！」

「ん？」

「こ、この事は、フィリス様には……」

「ああ、秘密にしておいた方がいいんだよな？　フィーは父親に嫌われているとか言ってたけど、この事を伝えてやれば、喜んでくれそうだとは思うんだけどな……」

「お、おやめください！　わ、わたくしを自由にしてくれても構いません！　ですからどうか……それだけは……！」

縋りつくようにニアが俺を抱きしめ、泣きそうな顔で懇願してきた。

「ニア……？」

「知られてはいけないのです！　どうか……」

「何か事情があるのか？」

「……お話しすることはできません」

「……だったら、一つ確認させてくれ。それは、フィーの為なんだな？」

彼女の瞳を直視する。

ニアはしっかりと頷く。

その紫色の瞳に曇りはない。

揺らぐことのない信念と共に、俺を見つめ返す。

「わかった。ニアを信じるよ。今はまだ黙っておく」

「ありがとう、ございます……」

「じゃあ、悪いが離れてもらってもいいか？」

「はっ!?　も、申し訳、ありません……」

「謝ることはない。ニアがどれだけ、フィーを大切に思ってるのかわかったからな。それじゃあ、俺は戻るから」

今度こそ俺は部屋に戻る。

そんな俺の背中を、ニアは見えなくなるまで見送っていた。

※

次の日。俺の朝は——むにゅ。という感触から始まった。

（……なんだ？　この素晴らしい感触は？）

心地いい。ずっと触っていたくなる。

指を動かすと、深く沈んで吸い込まれる。

しかし弾力もあり、沈んだ指が跳ね返ってくる。

「んっ……んっ、あんっ！　え、エクスぅ……朝からそんなに積極的になんて……ボク、身体が火照ってきちゃうよ」

「はい？」

フィーの甘い声に、微睡《まどろ》んでいた意識が全開放される。

「おはよう、ボクの専属騎士《ガーディアン》」

「おは……おはあああああああっ!?」

とんでもない声が出た。

だが、それも仕方ないだろ……。

「ななななななんで、なんで服を着てないんだ！」

「あれ？　もしかしてエクス……昨日のこと、覚えてない？」

「昨日……？」

あの後は、部屋に戻って直ぐに眠って……。

「……とっても、凄かったよ。ボク、壊れちゃうかと思った……」

まさかの野性解放!?

嘘だろ!?

なに、どういうこと？

瞬《まばた》きの回数が自分でもわかるほど増える。

高速！　俺は今、高速で瞬きしてる！

「既成事実……出来ちゃったね？」

「……」

ふあああああああああああっ！

思わず心の中で叫んだ。

俺のそんな心境に気付いたのか、フィーがニコッと笑みを作る。

「な〜んて、全部冗談。服は、暑いから脱いじゃった」

「冗談なの!?　び、吃驚《びっくり》させないでくれ！」

「ふふっ、ポカーンってしてたエクス、可愛かった。でも、キミがボクのベッドに入って来たのは本当だからね。寝惚けてたみたいだけど……」

「なん、だと!?」

馬鹿！　俺の馬鹿！　今日から全身に拘束魔法を掛けてから眠ろう。

「さ、朝の準備をして学校に行こうか」

二日目は、とんでもないスタートを切ったが、俺たちはサクっと準備して学校に向かった。

※

「いってらっしゃいませ、フィリス様、エクスさん」

ニアに見送られ俺たちは寮を出た。

俺とニアは互いに昨夜のことには触れていない。

食事中、取り留めのない会話をしたくらいだ。

「ニア、学校でね」

「行ってくる」

フィーは俺の手を取って歩き出す。

「……ねぇ、エクス。ニアと何かあった？」

「どうしてだ？」

「う～ん……？　エクスに対するニアの態度が、昨日と少し違う気がしたんだけど……」

鋭い。長い付き合いと言っているだけのことはある。

「もしかして、ニアにエッチなことでもしたの？」

「何故そうなる!?」

軽口を言うフィーだったが、それでもニアのことがちょっと心配そうだった。

だから、

「昨日の夜、少しだけニアと話した」

約束した秘密を除き、できる限りで昨日のことを伝えよう。

「夜に？」

「ああ、眠れなくてな。部屋に戻ろうとした時に躓《つまず》いた彼女を支えたんだが……それを気にしてるのかもな」

「そうだったんだ……。狼さんに襲われなくて良かったねって、ニアに伝えておかないと」

襲いません。

狼であることは……完全には否定できないけど。

俺の理性はちゃんと保ってくれるだろうか。

ガウルたち、他の専属騎士《ガーディアン》は、寮内でどう過ごしているのだろうか？

後で確認させてもらおう。

※

学園前に到着。

だが、入口には人だかりが出来ていた。

「何かあったのかな？」

俺たちは少し離れた場所から様子を窺った。

すると、人だかりが徐々に動き道を作っていく。

その道を二人の生徒が歩く。

一人は、貴族《プリンセス》で一人は専属騎士《ガーディアン》のようだ。

「おっは～、フィリス様」

貴族の生徒がフィーに挨拶をした。

大蛇を思わせる鋭い瞳で、全身から威圧感を放っている。

「フィー、知り合いか？」

「……ううん。誰……？」

「っ――……も、もう、フィリス様ってば、ひっど～！　あ～しは、円卓生徒会のカーラ・フィリップ。覚えといてよ」

自分が認識されていなかったことに腹を立てたのか、カーラは眉を下げ、苛立ちを見せる。

「ちょ～っとだけでいいからさ、あ～しの話を聞いてよ。うちの会長が、フィリス様には円卓生徒会に入ってもらいたいって言ってるのよね～」

「興味ないよ。だから入らない。用件がそれだけなら、もういいよね？　行こう、エクス」

「おう」

俺たちは学園校舎に入ろうと足を進めた。が、カーラとその専属騎士《ガーディアン》が、俺たちの前に立ちふさがった。

そして、カーラは意地悪そうに頬を歪める。

「あのさ～、フィリス様。さっきからあ～しが下手に出てるからって、その態度はないんじゃゃない？　一応、学園じゃこっちが先輩なわけだしさ」

唐突に現れて、怒りだして、なんなんだこいつ？

先輩だからといって、高圧的な態度に出ていい理由にはならないと思う。

それともこれが人間界の流儀なのか？

魔界流でいいなら、上下関係は実力主義。

先輩後輩など些末《さまつ》な問題なのだが……。

「皇女様だからって調子に乗ってるみたいだけど、別にあ〜しは無理に生徒会室に連れてったっていいんだけど？」

「好きで皇女になったわけじゃないし、立場を利用して、他人に迷惑を掛けたことはないよ」

「っ――だからあ〜しは、そのデカい態度が気に入らないって言ってるんだよ！」

カーラの手がフィーに伸びる。

どうやら、彼女の髪を摑み上げようとしたらしい。

が、

「おい、フィーに触《さわ》るな」

俺は咄嗟《とっさ》に手を伸ばし、カーラの腕を捉える。

勿論、締め上げたりしているわけじゃない。

一応、こんなのでも貴族様らしいからな。

怪我をさせて、フィーの責任にされでもしたらたまらない。

「っ――専属騎士《ガーディアン》ごときが、あ～しに命令してんじゃねえよ！　――アーヴァイン！　こいつをやれ！」

カーラが怒声を上げて、専属騎士《ガーディアン》の名を呼んだ。

すると、アーヴァインは命令に従うように、背中に背負っていた大剣を抜いた。

「悪いな、エクスとやら。これもカーラお嬢様のご命令だ。ベルセリア学園、騎士序列第十二位、戦慄のアーヴァイン・カーファイン、いざ――」

「あ、ごめん。話してる間に、攻撃しちゃった」

「は？　攻撃……？」

「気付いてないのか？　刀身を見てみろ」

「刀身……って――なんじゃこりゃああああああっ⁉」

アーヴァインは目を見開いた。

自らが手に持っていた大剣の刀身が細切れになって、地面に落ちていたからだ。

「馬鹿な⁉　オリハルコンの大剣だぞ⁉　鋼鉄などよりも遥かに強度の高いこの大剣が、細切れにされただと⁉」

強度が高い？

めっちゃ柔らかかったが……？

あ、それと、口上を言ってる途中で攻撃してごめんなさい。

言い終わるまで待ってやれば良かったな。

「だがまだだ！　オレは負けていな――」

しゃべっている途中で、アーヴァインがその巨体を揺らした。

――バターン!!

地面に倒れて動かない。

完全に気絶している。

「え……？」

ぽっかりと口を開くカーラ。

なんでアーヴァインが気絶したのか、理解できないのだろう。

実は剣を細切れにするついでに、軽く脳天を揺さぶってやったのだ。

効果が出るのが随分と遅かったが……それは、アーヴァインが鈍いからなのかもしれない。

身体的なダメージはほぼないし、後遺症になるような攻撃でもない。

一応、最大限の手加減をしたつもりだ。

「は……？　え……え!?　アーヴァイン!?」

カーラがおろおろと狼狽《うろた》える。

「先……進みたいんだけど、いいかな？」

「は、はははは、はい……！　勿論でございます！　どうぞ、お通りくださいフィリス様！」

さっきと態度が百八十度逆転した。

情けなさ過ぎるだろ。

この女の為に戦ったアーヴァインが、かわいそうになってきた。

「エクス、行こう」

「……ああ」

こうして俺たちは、ようやく学園校舎の中に入れたのだった。

「なぁ……フィー。ちょっと疑問に思ったんだけど、序列十二位を倒したってことは俺の騎士序列は上がるのか……?」

教室に向かっている途中、疑問に思いフィーに確認を取った。

「……」

「フィー?」

「……エクス」

「うん?　おわっ……」

階段の陰に入ると、フィーが俺を抱きしめてきた。

その身体は少しだけ震えていた。

俺は落ち着かせるように、フィーの頭を優しく撫でる。

「大丈夫だ」

「……」

フィーは何も言わず、ギュッと俺を抱きしめる腕に力を込める。

「……大丈夫。あの女は、もう何もしてこないよ。それに、何があったとしても俺がフィーを守ってみせる」

「……うん。ごめん……どうしたんだろう、ボク……。いつもなら、こんなこと、なんでもないのにな……。頼れる人が出来たから、弱くなっちゃったのかな……」

震えるフィーの身体を、俺は優しく抱きしめた。

「それでもフィーは、あの場から逃げ出さなかった。怖くても、自分の意志をちゃんと伝えられた。恐怖に負けず自分の意志を言葉にできるのは凄いことだぞ！　俺も昔は、ルティスに意見するなんてできなかったからなぁ……」

そしたらあいつは、言いたいことはちゃんと口に出して言え！　と、俺を叱咤した。

お陰で今では、少し遠慮のない性格になってしまった気もするが……思いを口にできるようになった事に関しては、あいつに感謝している。

「エクスにも……弱い頃があったんだ」

「そりゃそうさ。最初から強い奴なんていない。でも、今は強くなった。自信を持ってそう言えるくらいにはな」

俺が微笑みかけると、フィーも笑い返してくれた。

「こんなボクを見ても、情けないとか、カッコ悪いとか、言わないんだね」

「情けなくもないし、カッコ悪くもない。それにこういう弱いところを、俺にだけ見せてくれるフィーは可愛い」

「っ……も、もう！　こういう時だけ、キュンと来るようなことを言うんだから！」

「？　……思ったことを言っただけだぞ？」

「それでボクを、キュンってさせるのはズルい！」

「ず、ズルいのか？」

「ズルいの！」

戸惑う俺を見て、フィーは笑ってくれた。

「……よし！　気持ちの切り替え完了！　弱いボクは終わり。教室に行こうか！」

フィーは俺から離れると、その手を引いた。

強さと弱さ……フィーはそれがごちゃごちゃになっている。

とても不安定な状態だ。

もしかしたらそれは……俺が学園に来たせいなのだろうか？

俺がフィーの専属騎士《ガーディアン》になったからなのかな？

でもだとしたら……その責任は取ろう。

専属騎士《ガーディアン》になって二日目の今日。

俺は新たな決意を固めたのだった。

※

三時限目の授業中。

現在、睡眠不足なこともあり猛烈に眠い。

フィーが悪戯をしてくるので、眠らずに済むのはありがたいのだが……。

「……はむっ！」

「うおっ!?」

「エクスくん、またですか？　急に奇声を上げるのは禁止だと言いましたよね！」

「す、すみません……」

ケイナ先生に謝った後、フィーに目を向けた。

「ふふっ、エクスって、耳が弱いんだ？」

「ななななな……！」

フィーは俺の耳を噛んだのだ。

甘噛みだったが、それが余計に変な余韻を残している。

「エクスさえよければ、ボクにもしてくれていいよ」

できるわけがない。

意志表明の為、俺がそっぽ向くと、「残念……」という声が俺の耳に届いた。

「フィリス様、ここの問題は解けますか？」

「はい」

こんな風に授業中はふざけているのに、フィーは勉強ができた。

どんな難しい問題でも正解してしまう。

授業面でフィーは、間違いなく優等生だ。

「は～い、それでは三時限目の授業はおしまいで～す。次の授業は貴族生徒《プリンセス》は護身術で、専属騎士《ガーディアン》は戦闘訓練になります！　遅れないように訓練室にゴーですよ」

長い座学の授業が終わり、やっと身体を動かせる。

専属騎士《ガーディアン》は貴族生徒《プリンセス》と共に授業を受けるせいか、座学の授業が多いのが辛いところだ。

「フィー、訓練室はどこにあるんだ？」

「ちゃんと、案内するよ。でもその前に……貴族生徒《プリンセス》は別室で訓練着に着替えるから、まずはそこまで移動だね。専属騎士《ガーディアン》は外で待機だよ。ボクだけを見るならいいけど、他の子も着替えるから、見ちゃダメだよ」

見ないし、そんな度胸もない。

「今日も仲がよろしいのですわね。ちなみにエクスさん、わたしは見られても構いませんよ」

俺とフィーが話しているところに、セレスティアが起爆剤を投下する。

それに真っ先に食いついたのはガウルだった。

「貴様！　仮に許可を得たとしても、セレスティア様の着替えを覗き見ようものなら、その瞬間、我が宝剣の錆にしてやるからな！」

「見んわ！」

「貴様！　許可をいただいたうえで見ないだと!?　セレスティア様に失礼だろ！」

「お前がどんな答えを求めてるか聞かせてくれ!?」

ガウルは忠犬の如く噛み付いてくる。

「昨日の今日で、二人もすっかり仲良しね」

「ははっ、セレスティア様はご冗談がお好きなようだ」

それには深く同意だ。

「キミたち、そんな馬鹿話をしにきたのかい？」

「いえ、本題は別にあります。お二人とも、朝からまた随分と派手にやったそうで」

「朝……？」

「貴様が円卓生徒会の序列十二位――アーヴァインを倒したと、学園中に広まっているぞ。これを見ろ、既に号外が配られている」

号外？

言われて俺はその新聞を見た。


『戦慄散る!?　薔薇姫の騎士エクス！　序列十二位を圧倒！』


こんなタイトルと共に、新聞には記事を書いたミーナの名前が載っていた。

「あいつ、今日も教室にいないと思ったら、こんな物を書いていたのか……」

「ミーナさんは高い目標のある女性ですから。素敵ですよね、目標に邁進《まいしん》する女性って」

だからと言って、授業を休んでいいのだろうか？

いや、それは俺が考えても仕方ないことだな。

しかし……序列十二位を倒したというのは、号外にするほど凄いことなのだろうか？

「……ガウル、序列十二位っていうのは、この学園で十二番目に強い騎士ってことか？」

「序列が騎士の強さ。その考え方で間違いない……が、現在は序列二位が空席になっている。その為、アーヴァイン先輩は学園で十一番目の実力者と言っていいだろう」

あれで十一番目か……。

この学園の層の薄さを感じてしまう。

「序列は先輩の方が上でも、俺が戦った感じではガウルの方が実力は上だと感じたな」

「ふんっ、わかっているじゃないか。僕の実力なら、序列七位以上は固いだろう。次の試験の時には、僕たち一年の飛躍で序列も大きく動くだろうさ」

「自信たっぷりなガウルですが、彼は現在一年の専属騎士《ガーディアン》の中でワーストワンなのです」

「んなっ、セレスティアお嬢様っ⁉」

セレスティアは、柔和な笑みのまま、結構エグいことを言った。

お陰でガウルは、今にも死にそうな絶望的表情を見せる。

このお嬢様、優しそうに見えて毒舌なところもあるんだな。

「お～い、ガウル～、口から出てる魂を戻せ～」

「――はっ⁉」

ガウルがハフハフして、大急ぎで魂を吸い戻した。

「お、お嬢様！　なぜそのようなことを！」

「上から目線でエクスさんに話すからです。そういう傲慢なところ、反省してほしいですわ」

「ぐっ……貴様のせいだぞエクス！　セレスティア様に怒られたじゃないか！」

「フィー、今のは俺が悪いと思うか？」

「エクスは何も悪くないよ。全部、彼の自業自得さ」

「んなっ!?　フィリス様まで!?　……って――んなあ、き、貴様それはっ!?」

「今度はなんだ？」

絶叫するガウル。

この男は本当に、一人でも騒がしい男だ。

「き、貴様、そ、その指にはめているのは!?」

ガウルは、俺の左手薬指を見て目を丸めた。

「まぁ……！　王家の指輪ではありませんか！　フィリス様、エクスさんにお渡ししたのですね」

「……そうだよ。ボクは、エクス以外には考えられないからね」

微笑ましそうなセレスティアから、フィーは顔を背けた。

彼女の頬は少し赤くなっている。

「こ、結合指輪《コネクトリング》を渡されるだけでも、想像を絶する事態だというのに……フィリス様が、まさか王家の指輪をお渡しするなんて……」

愕然とするガウル。

一体、何を驚いているのだろうか？

「……もういいでしょ？　行こう、エクス」

「あらあら、ガウル。わたしたちも行きますよ」

「ふぃ、フィリス様が、フィリス様が……」

「いつまでショックを受けてるんです？　契約、解除されたいんですか？　ビリケツ君？」

「はっ!?　も、申し訳ございません!!」

背後で、明らかな上下関係が見えるやり取りがあった。

そこには、お嬢様と専属騎士《ガーディアン》……という以上の何かがある気がするのだが、詮索するのはやめておこう。

魔界にはこういう言葉がある。

落とし穴の中のメデューサってな。

俺は自ら、逃げ道のない場所に突っ込むような真似はしない。

※

貴族生徒《プリンセス》たちは、現在着替え中。

俺たち専属騎士《ガーディアン》は、部屋の外からその警護に当たっていた。

「貴様、わかっているな？」

「わかってる、わかってる」

さっきからガウルは、俺ばかりに注意を向けている。

それよりも警護対象であるセレスティアに気を配ってもらいたい。

「あ……そうだ。ガウル、相談がある」

「……相談？」

「貴族生徒《プリンセス》の警護って大変だよな。特に夜が」

「夜……？　まぁ、夜盗の襲撃でもあったなら面倒ではあるが？」

「いや、そうじゃなくてさ。……眠れなくないか？」

「なるほど……フィリス様の専属騎士《ガーディアン》という重責、そのプレッシャーで眠ることもできないか。貴様にも、殊勝なところがあるじゃないか。だが、きちんと休んでおくのも僕たちの務めだ」

「……流石は首席だった男だな。あの状況化で平然と休めるのか……」

「当然だ」

俺の中でこの男の評価が急上昇した。

凄すぎるぞガウル！

お前はセレスティアと同じ部屋、同じベッドで平然と眠れるのか。

化物だ……ガウルこそが、本当の勇者なんじゃないだろうか？

「ガウル、お前は凄い奴だな！」

「ふんっ、そんな当然のことを言うな」

「当然ときたか！　俺ならセレスティアと同じ部屋、同じベッドで眠るなんてきっと無理だ！」

「……なに？」

「いや、だからセレスティアと同じ部屋、同じベッドで眠る――」

「同じべ――ばばばばばばばぶわぁかか貴様はっ‼」

「いや、だってお前が今、その状況でも、しっかり休むのは専属騎士《ガーディアン》として当然だと……」

「そんなわけあるかっ！　不敬にもほどがあるぞ！　貴族生徒《プリンセス》と僕たち専属騎士《ガーディアン》は、寮内までは一緒だが部屋が違うだろ！　隣の部屋……ということで、確かに緊張はするが……」

　え……？

　ちょっと待ってほしい。

「……そう、なのか」

「……貴様は昨日、どこで寝たんだ？　野宿でもしたか？」

　俺の発言を訝しむガウル。

　これって、もしかして……同部屋って、俺だけ？

　あの部屋だけ特別ってことか……？

　だが、何にせよ……。

「……ガウル。俺はお前が羨ましい。主に睡眠時間的な意味で……」

「は……？　なにを言ってるんだ？　とにかく、睡眠時間は大切だからな！　自己管理くらいはしっかりしろよ！」

全くその通りだが、俺の眠れない日々はまだまだ続きそうだった。

※

「お待たせ、エクス」

お嬢様方が着替えを終えて部屋から出てきた。

「ボクの訓練着姿はどうだい？」

その姿を見せるように、くるり。とその場で一回転。

訓練着は動きやすさを重視してか、上は白いシャツ、下はハーフパンツというラフな格好だった。

「似合ってる。フィーはきっと、何を着ても似合うよ」

「ありがとう。後でエクスにだけ、特別な訓練着も見せてあげるよ」

「特別な訓練着……？」

「うん！　楽しみにしててね」

だが、小悪魔的微笑を浮かべるフィーを見て、俺はちょっとだけ嫌な予感を覚えた。

「じゃあ、行こうか」

俺たちは訓練室に向かった。

※

訓練室の中は、クラスの生徒全員が動き回っても問題ないくらい広い。

室内で身体を動かすと聞いて違和感があったが、これなら問題なさそうだ。

（……魔界の学園には、訓練室なんて上等なものはなかったからな）

あっちでは、戦闘訓練は常に外。

魔物たちが襲い掛かってくることもあり、まともな授業にならない事もあった。

まぁ、それがまた実戦向きの戦闘訓練にもなるので、結果的には問題なかったわけだが。

はっ!?　そうか……なるほど。

室内で訓練をする理由は、そういった妨害を回避する為か。人間って、賢い！

「授業を始めます！　貴族生徒《プリンセス》はこちらへ」

「専属騎士《ガーディアン》はこっちだ」

早速、授業が始まった。

貴族生徒《プリンセス》と専属騎士《ガーディアン》が、それぞれの担当教官の下へと向かう。

「エクス、がんばってね！　ボク、キミの活躍を見てるからね」

「わかった。活躍できるよう善処する。だが、フィーも授業をしっかり受けるんだぞ」

「うん！　がんばる！　だからエクスも、ボクのことちゃんと見ててね」

「勿論だ」

俺の言葉に嬉しそうに微笑むと、フィーはタタタと教官の方に走って行った。

さて、俺も教官の下へ向かうとしよう。

「貴様に一つ忠告してやる。戦闘訓練を担当してくださっているのはマクシス教官は、キャメロットの騎士団に入っていたこともある実力者だ。あまりふざけていて逆鱗に触れれば制裁を受けることになるぞ」

「その騎士団というのは、円卓の騎士《ナイトオブラウンズ》よりも強いのか？」

「ははは っ！　貴様は馬鹿か？」

「馬鹿とは失礼な」

「あのな、円卓の騎士《ナイトオブラウンズ》は王都キャメロットにとどまらず、このユグドラシル全土の中でも最強と言われる方々だぞ」

「なんだ。円卓の騎士《ナイトオブラウンズ》よりも弱いのか」

「当たり前だ！　円卓の騎士《ナイトオブラウンズ》と比べたら、マクシス教官など小物もいいとこ——はっ!?」

そこまで口にして、ガウルは口を閉じた。

どうやらやっと、マクシス教官から鋭い視線が向けられている事に気付いたようだ。

「……ガウル、誰が小物だと？」

「ひっ!?」

マクシス教官は口をニヤっと開いた。

笑みを浮かべているようだが、その瞳からは「テメェ、ぶっ殺されてぇのか！」という殺気を放っている。

「申し訳ありません！　失言でした！　おいっ、貴様のせいで怒られただろ！　まさか僕を罠にハメる為にこの会話を!?」

「いや、お前が勝手に騒いだんだろ」

ぐぬぬ！　と、俺を睨むガウルだが、再びマクシス教官に鋭い視線を向けられると牙を収めた。

「はぁ……全く。授業を始める。いつも通り、二人一組になれ！」

早速、担当教官から指示が飛んだ。

ガウル辺りと組もうと思ったが、あいつは既に相手がいるようだ。

どうしたものか？　と考えていると、

「む……そうか。このクラスは一人、専属騎士《ガーディアン》が増えたんだったな」

直ぐにその事に気付き、マクシス教官が俺の下へ駆け寄った。

「キミはエクス君だね。学園長から聞いているよ。では、今回はワタシが君の対戦相手になろう」

「マクシス教官、戦闘訓練は普通に戦えばいいのか？」

「ああ、そうだ。どこからでも掛かってくるといい」

そう言って、マクシス教官は熟練の戦士の顔を見せた。

これまで数々の修羅場を潜り抜けているのだろう。

だが……見た目は強そうでも、全く負ける気はしない。

まずは軽い様子見として、教官の力量を確認しよう。

「わかった。じゃあ、いくぞ。えいや！」

「――むっ!?　ぐおっ!?」

訓練開始直後、俺はマクシス教官の目前に移動し、鎧に向かって弱めのデコピンを打ち込んだ。

が、教官は俺の行動が見えていたようだ。

一瞬で防御姿勢を取り、驚異的な踏ん張りで、身体が吹き飛ぶのに耐えた。

「おお!?　流石は教官だ！」

てっきり一撃でぶっ飛んで終わりだと思ったのに……元騎士団は伊達じゃないんだな！

「んなっ!?　い、今のは、一体……!?」

教官はボゴッ！　と、凹んだ自分の鎧を見て、激しい戸惑いを見せる。

はっきりと俺の攻撃が見えたわけではないのかもしれない。

でも、それでも俺は嬉しかった。

ようやく人間界で、少しは訓練になりそうな相手が見つかったのだから。

「少し手加減が過ぎたな。教官、次はもう少し凄い攻撃をするぞ」

「て、手加減!?　今ので、手加減だと!?　ま、待て！　どうやらワタシは今日、調子が悪いらしい。

実は騎士団時代に膝に矢を受けてしまっていてな……」

「歴戦の戦士だからこそ負った痛手というわけか……。わかった、ゆっくり休んでくれ」

バタバタバタバタバタと、マクシス教官は超ダッシュで女性教官の方に向かう。

そして何かを告げてから、再びバタバタバタバタとその場から去って行った。

膝に矢を受けていたのではないのか？

いや、生徒たちに心配を掛けぬよう配慮したのかもしれない。

「戦士の鑑だな」

マクシス教官か。

ルティスをはじめ上級魔族と比べると力は弱いかもしれないが、立派な方だ。

しかし、訓練相手の教官がいなくなったことで暇が出来てしまった。

だからというわけではないが、俺はフィーに目を向ける。

すると、ぴったりのタイミングで目が合った。

その偶然に互いに微笑を浮かべる。

貴族生徒《プリンセス》は護身術の授業と聞いていたが、生徒同士で戦うわけではないらしい。

お嬢様同士を訓練させて、互いに怪我をさせないようにする配慮だろう。

「専属騎士《ガーディアン》のみんな、ちょっといいかしら？」

貴族生徒《プリンセス》に護身術を教えていた教官が俺たちを呼んだ。

「マクシス教官が腹痛で授業を抜けられるということなので、今回は授業内容を貴族生徒《プリンセス》と専属騎士《ガーディアン》の合同授業に変更するわ」

ガヤガヤと戸惑いの声が上がる。

その提案は、生徒たちを戸惑わせるものだった。

「教官、合同授業の具体的な内容は？」

質問したのはガウルだった。

「専属騎士《ガーディアン》の仕事は？」

「命を懸けて貴族生徒《プリンセス》を守る事です」

「そうね。じゃあ――やってもらいましょう。今回行う合同授業は――貴族生徒の守護《プリンセスガード》よ」

女性教官が貴族生徒の守護《プリンセスガード》のルールを説明した。

貴族生徒《プリンセス》と専属騎士《ガーディアン》は共に、同じ番号の書かれたゼッケンを張る。

二つのゼッケンを専属騎士《ガーディアン》は守る。

もし貴族生徒《プリンセス》がゼッケンを奪われたなら、その時点で敗北。

専属騎士《ガーディアン》がゼッケンを奪われた場合は行動不能となるが、貴族生徒《プリンセス》が時間内まで生存した場合は勝利。


こんな感じの、とてもシンプルなルールだった。

「折角だし、結合指輪《コネクトリング》も使用してみて。勿論、指輪を嵌めている生徒だけで構わないわ」

教官の言葉に、ざわめきが起こった。

どうやら、多くの生徒が結合指輪《コネクトリング》を嵌めていないらしい。

俺とフィーも含めて三ペアほどだ。

「ガウル、お前も結合指輪《コネクトリング》を嵌めてないんだな」

「当たり前だ！　あのセレスティア様が、そう簡単にお心を晒《さら》してくれるわけがないだろ！　もし渡されたとしたら光栄ではあるが……お、恐れ多くて僕は……」

「大丈夫ですよ～ガウル。一生渡すことはありませんから」

「ひいいっ!?」

セレスティアの圧が凄くて、ガウルは尻餅を突いていた。

「フィー、心を晒すっていうのはどういうことだ？」

「ボクたちが、結合指輪《コネクトリング》を渡すのは、心も身体も全てをさらけ出してもいい。そう思えた専属騎士《ガーディアン》だけなんだよ」

「はい？」

どういうことだ？

詳しい話を聞こうと思ったが、

「さぁ、それでは授業を始めますよ！　全員、ゼッケンを胸元に付けて。はい……それじゃあ――貴族生徒《プリンセス》の守護《ガード》――開始《スタート》！」

教官が開始の合図を出した。

貴族生徒《プリンセス》と、専属騎士《ガーディアン》たちが一斉に動き出す。

が、やはり貴族生徒《プリンセス》の動きが問題だ。

仲の深まっている専属騎士《ガーディアン》は、貴族生徒《プリンセス》の手を引いたり、お姫様抱っこで移動しているのに対し、

「せ、セレスティアお嬢様、僕から離れませんように！」

「わかっています。あ、直ぐにやられたら今日のお昼は抜きにしますからね」

「全力でやらせていただきます！」

セレスティアとガウルのように、触れ合うことすらできていないペアもいる。

この競技は専属騎士《ガーディアン》の実力は勿論だが、貴族生徒《プリンセス》とのコミュニケーションも重要に思えた。

「……ねぇ、エクス。ボクもして欲しいなぁ？」

「な、何を？」

なんでうちのお姫様は、そんな甘美に囁くのだろうか？

「あれ、だよ」

「あれ？」

「うん……あれ、したいなぁ」

言われて俺はフィーの視線を追った。

すると、

「ああ、お姫様抱っこか」

「うん！」

最初からそう言ってくれればいいのに。

「よっ！」

「わっ！　エクスは力持ちだね！」

俺はフィーを抱えた。

すると俺の首に両手を回して、フィーがギュッと身を寄せる。

ふにゅ——と胸に柔らかい感触が伝わる。

「わ、わざと押し付けてませんか？」

「違うよ、もっとくっ付かないとでしょ？」

「試合中！　今、試合中だから！」

言っている傍から、攻撃に来た専属騎士《ガーディアン》に囲まれた。

相手は三人。

「ガウルをやったお前と、勝負してみたかったんだ！」

「三対一で悪いが、ハンデだと思ってくれよ」

「フィリス様の専属騎士《ガーディアン》の実力を見せてもらおうか」

などと言っていたが、

「悪い。もうゼッケンは取ったぞ」

「「「え!?」」」

彼らの胸元には、既にゼッケンはなかった。

「さっすがはボクのエクス！」

フィーが俺の活躍を喜んでくれる。

こういう素直な笑みを見せられると、頑張りたいって思うな。

「後は貴族生徒《プリンセス》の方だな」

俺が貴族生徒《プリンセス》たちのゼッケンを奪おうとすると、

「エクス、ちょっと待って！」

「な、なんだ？」

フィーから、突然の制止をくらった。

「彼女たちのゼッケンを取るの？」

「そ、そうだが……？」

「じゃあ、彼女たちの胸を触るってことだよね？」

「……ま、まあ、胸元にある以上は多少は触れることになるだろうな」

正確には胸に触るではなく、ゼッケンに触るだが。

「ダメ！　そういうのはボクだけにして！」

「い、いや、待ってほしい、それだとゼッケンが取れないから勝ち目が……」

「よし！　触らずに取る手段を考えよう」

「無茶を言うな!?」

とりあえず、貴族生徒《プリンセス》には手を出せなくなってしまったので、俺は専属騎士《ガーディアン》の無力化に動いた。

行動開始して直ぐ、ほとんどのゼッケンを奪い去った。

だが、途中で気付いてしまった。

（……しまった!?　他の専属騎士《ガーディアン》に、貴族生徒《プリンセス》たちのゼッケンを取らせれば良かったのでは!?）

だが、既に俺以外の専属騎士《ガーディアン》は全滅。

結果として多くの貴族生徒《プリンセス》はゼッケンを奪われることなく残ってしまい……。

「はい。終了ね。随分と勝者が多いみたいだけど……まぁ、たまにはこういう事もあるか」

教官の呆れ口調と共に、合同授業は終わりを迎えた。

※

訓練室を出ていく生徒たち。

その中で俺とフィーだけがその場に残っている。

「フィー、行かないのか？」

「……あのねエクス。さっきの、結合指輪《コネクトリング》の事なんだけど……」

言い辛そうに言葉を詰まらせるフィー。

俺は少し前に彼女が言っていた言葉を思い出した。

『ボクたちが、結合指輪《コネクトリング》を渡すのは、心も身体も全てをさらけ出してもいい。そう思えた専属騎士《ガーディアン》だけなんだよ』

俺もその事について、詳しく話を聞きたいと思っていた。

「結合指輪《コネクトリング》は、誰でも嵌められるような物じゃなかったんだな」

「うん……。でも、エクスが変にプレッシャーに感じることはないからね。ボクは、エクスにだったらって思ったから、結合指輪《コネクトリング》を渡しただけなんだから」

フィーの碧い瞳が真っ直ぐに俺を見つめた。

それだけで、彼女の真剣な想いは十分に伝わって来た。

「……それとも、やっぱりイヤかな？」

俺を見つめるフィーが、途端に不安そうな顔をみせた。

胸が締め付けられる感じがする。

こんな顔をさせたくない。

俺は、フィーには笑っていて欲しいと思うから。

「嫌なわけない。少し驚いたけど、フィーが俺のことをそこまで信頼してくれたことは嬉しい。だから、そんな不安そうな顔しないでくれ」

「……本当にイヤじゃない？」

「本当だ。俺はフィーに嘘は吐かない」

「うん！」

フィーが俺に飛びついて、そのままギュっと抱きしめられる。

胸の中で強くなっていく想い。

この想いが何なのかはわからないけれど、俺は本当にフィーの笑顔をずっと守りたいと思った。

※

それから昼休みと午後の授業を終えて——二日目の授業は全て終了した。

放課後になって直ぐ、俺たちは学園校舎を出た。

「エクス、明日の約束覚えてるよね？」

帰り道を二人で歩いていると、フィーが俺の一歩前に出て、窺うように首を傾げる。

「明日？」

何か約束していたか？

記憶を探る。

思い当たるとすれば……。

「もしかして、休日に町に出ようって話のことか？」

「そう！　明日は休日だからね。エクスとボクの初デート！」

自分の胸にポンと手を当て、フィーは笑顔の花を咲かせた。

嬉しくて仕方ない！　という、彼女の気持ちが伝わってくる。

が、問題があった。

こんな嬉しそうなフィーに申し訳ないが、俺は人生初デートだ。

正直な話、ちょっと緊張してしまう。

折角なので楽しい一日にしたいが、デートって何をすればいいんだろう？

（……失敗しないか、激しく不安だ！）

もしフィーに初デートと言ったら……がっかりされてしまうだろうか？

だが、ここは正直に伝えておいた方がいいかもな。

「なぁ……フィー。その……」

「うん？　どうしたの？　もしかして都合が悪かったとか？」

「いや、違うんだ。その……実は俺はその……今まで女の子とデートしたことがなくて……」

なんだ、なんで俺は、こんな告白してるんだ!?

恥ずかし過ぎて、思わず顔を伏せてしまう。

きっとフィーをがっかりさせたに違いない。

「へぇ～、そうなんだぁ～」

だが、フィーの声が弾《はず》んでいた。

これはもしかして、からかわれるパターン!?

恐る恐る、俺は顔を上げると……。

「じゃあ、エクスの初デートの相手はボクってことだ」

あれ？　からかわれない？

「嬉しいよ。ボク、キミの初めてをもらっちゃうんだね」

「～～～～っ!?」

ドキッ——自分でもわかるくらい、胸の鼓動が強くなり、顔が熱くなった。

おかしい、なんだ!?　なんだこれ!?

「それとね、エクス。ボクも明日が初めてのデートなんだ」

「あ……そ、そうなのか？」

「そ。だから——ボクの初めても、エクスにもらわれちゃうって事だよ」

「～～～～っ！！？」

ドキン！　さっきよりも強く、胸の中が弾ける。

フィーの魅惑的な表情に、俺は魅了されてしまう。

その甘い声に、心を掴まれていく。

「ふふっ、明日がとっても楽しみになっちゃった」

そして最後には、イタズラっぽく笑う。

大人なようで、子供らしい。

フィーはとてもアンバランスだ。

女の子って……こういうものなのかな？

魔界の女の子は暴力的で、フィーみたいな子はほとんどいなかったから、どうにも免疫がない。

「さ、帰って明日の準備をしようか！　早起きして遊びに行くからね！」

明日が待ちきれない。と、フィーが俺の手を引いた。

折角の初めてのデートだからな。

フィーを笑顔に出来るように、なんとか頑張ってみよう。

第四章　皇女の騎士

そして次の日。

初めての休日にして、初デートの朝を迎えた。

今日を楽しみにしてなのか、フィーは昨夜は直ぐに眠ってしまった。

そのお陰もあり、俺もこの間に比べて、しっかりと休むことができた。

「ねぇ、エクス。どれがいいと思う？　エクスの好みはどれ？」

「どれも可愛らしいと思います」

そして早朝、なぜかフィーの服選びを手伝わされている。

ただ服を選べばいいだけなら、気も楽なのだが……。

「本当に？　だったらちゃんとボクを見て答えてよ」

俺の座っているベッドに、フィーが身体を寄せた。

すると、ふわっとベッドが揺れる。

ベッドの上で、フィーは両手と両膝を突いた状態で、俺の顔を覗き込んできた。

だが、俺は思わず目を逸らす。

「い、いや……見てって、だって……」

見れるわけない。

ちらっと目を向けるだけで、フィーの白い肌が目に入る。

今、フィーは服を着ていないのだ。

し、下着は……多分、付けていると思うが……。

「もしかして恥ずかしいの？　お風呂で、ボクの全部を見たくせに」

「あ、あれは不可抗力だ！」

「ふふっ、仕方ないな。ちょっと待ってて……」

フィーがベッドから離れた。

そして、ス～っと肌に布が通る音が聞こえる。

「ほらっ！　これなら平気でしょ!?」

「やっと服を着てくれたか……って――なんだそれ？」

「昨日、約束したでしょ？　特別な訓練着を見せてあげるって。それがこれだよ」

訓練室に向かう前に、確かにそんな約束をした。

だが、なんだこの服は……本当に訓練着なのか!?

上は普通の白いシャツだ。

昨日の訓練着と変わらない。

しかし、そのまま目を下げていくと、その露出の多さに驚く。

膝から下が出ているくらいなら驚きはしない。

だが、この服は太腿《ふともも》の上の方まで露出している。

紺色で下着のような形で……これをデザインした奴は正気か!?

「どう？」

「ど、どうって……」

「ふふっ、どうしたの？」

「そ、その……」

俺が答えに窮していると。

「……エクスのエッチ」

「なんでそうなる!?」

そして楽しそうにフィーは笑って、部屋に備え付けられている鏡の前に立った。

「さて、じゃあ本格的に服選びだ！　エクスが一番、可愛いと思ってくれるように、ボクをコーディネイトしてよね！」

本当にどれも似合っていると思うのだが……フィーとあれこれ話しながら、一緒に彼女の服を選んだのだった。

※

そして衝撃の事実。

「フィリス様、外出される際は特別な事情がない限りは学園の制服を……という校則がございます」

なんだと……。

それをもっと早く言ってほしかった。

部屋にやってきたニアからの衝撃の発言だった。

「あ、そうだったんだ。残念だな」

えへへっ。と子供みたいに笑うフィー。

「まさかフィー、知ってたのか？」

「さぁ？　どうかな？　でも、エクスの好みが色々わかって、とっても充実した時間だったよ」

俺は気苦労の多い時間だったよ。

まぁ……俺も楽しかったけどさ。

「準備も終わったようですので向かわれますか？」

「そうだね。行ってくるよ。ニアも後で……」

「はい……。勿論でございます」

なぜかニアが、少しだけ複雑な表情を浮かべた。

だがそれも一瞬で、直ぐに一礼して部屋を出ていく。

「……？　今日はニアも来るのか？」

「後で、少しだけ合流してもらう事になってる。それまでは、二人きりでデートを楽しもう」

こんな感じの朝を終えて、俺とフィーは町に向かった。

※
「本当にいいのか？」

「うん！　こうして景色を見ながら、エクスと二人で町まで歩きたいからね」

町まで重力制御《グラビティ》で飛んでいくか？　と、尋ねたが、フィーは歩いて町に行く事を選んだ。だが俺自身、それもデートっぽくていいと思う。

「今日は陽射しも温かくて、気持ちいいね」

う〜ん！　と、フィーが伸びをする。

そんな彼女を見ていたら、俺もならって伸びをしていた。

確かに今日は気持ちいい。

こんな日はこうして散歩をするのも悪くない。

いや、散歩をするべき日だった。

「この世界は、本当に綺麗だよな」

魔界出身の俺は、この美しい大地を見るだけで心が洗われそうだ。

もし魔界だったら、一歩進めば毒沼にハマってるところだからな。

「道に毒沼がないって、本当に歩きやすいんだな！」

「ふふっ、普通は毒沼なんてないよ。だけど、この辺りが綺麗っていうのは本当にその通りだよね。ボクもここは、とても好きな場所なんだ……。自然に溢れていて、緑もいっぱいで、田畑がこ〜んなに広がってる！」

前を歩くフィーが振り返って、両手を広げた。

「ここは……本当にのどかな場所なんだよね。少し離れた場所に行くだけで、見える景色は全く違うものになる。毎日、色々な場所で色々な事が起こってる。でも、ここだけはいつも優しい日常を過ごせるんだ」

「フィー？」

まるで何かを懐かしむような、フィーはそんな顔をしていた気がする。

でも、直ぐにその顔は消えて。

「……ごめん。あまりにもいい場所だったから、ちょっと感動しちゃった。さぁ、町まではもう少し歩くからね！」

そう言うと、フィーは俺の隣に立って、手を繋ぎ一緒に歩く。

「今はボクとエクスは、同じ場所にいて、同じ景色を見てるんだよね」

「ああ、同じ時間を共有してるってことだよな」

繋いだこの手が、俺たちが一緒にいる証だ。

「それはとても凄いことだよね！　ついこの間まではボクは、この世界にエクスがいる事を知らなかった。でも今は知ってる。キミと出会って、同じ時間を共有してる。ボクの人生の中で、それはきっと二度とない幸運で、奇跡のような出来事だ」

俺もフィーの事を知らなかった。

そもそも、俺はこの世界にすらいなかったんだ。

ルティスに人間界に送還されなければ――いや、勇者が俺をこの世界に送れと伝えていなければ……こんな奇跡はあり得なかった。

（……そういう意味では、勇者《おやじ》には感謝かもな）

俺をこっちに送った意図も、顔すらも知らない。

そもそも、本当に血が繋がっているかも怪しい。

……でも、この事に関しては、いつか礼を言わせてもらおう。

「エクス、ボクはキミに会えて、今ここに一緒にいられて幸せだよ」

「俺もフィーと出会えて、こうして一緒にいられて幸せだ」

短い時間の中で、俺たちは互いに同じ想いを感じあっていた。

※

町に到着すると、所狭しと並ぶ露天商と交渉をする買い物客や、談笑にひたる町人たちの姿が見えた。

雑踏の音にまぎれながらも、人々の活気溢れる声は消えることはない。

「賑やかないい町でしょ？」

「ああ、みんな楽しそうだ」

「う～ん！　楽しそうなみんなを見てたら、もう我慢できなくなってきちゃった！　エクス、行こう！　ボクたちもい～っぱい楽しもう！」

楽しそうに町を歩く人々の中に、俺たちも交じっていく。

露店を見て歩きながら、俺たちは他愛のない話を楽しむ。

それだけの時間なのに、今まで感じたことのないくらい、胸が温かくなっていく。

初めてのデートの不安なんて、もうすっかりなくなっていた。

「あ、これ可愛いね」

露店で売られている装飾品に、フィーが反応を示した。

それは女性用の白い髪留めだ。

「お嬢様、こちらのカチューシャが気に入られましたか？」

「うん。でも……ボクには似合わないかな？」

「そんなことないだろ。きっと良く似合うと思うぞ」

「お嬢様さえよろしければ、是非付けてみてください」

店員がフィーに髪留めを渡す。

「う～ん……じゃあ折角だから、少しだけ」

フィーはそれを手に取って、その髪留めを付けてみた。

「エクス、どう……かな？」

「うん、やっぱり似合うな。フィーの綺麗な髪がより引き立つ感じがする」

「そ、そうかな？」

頬を染めるフィー。

素直に可愛いと思う。

店員も同じことを思ったのか、微笑ましそうな顔を俺たちに向けている。

「彼氏さん、良ければお嬢様に、お一ついかがですか？　お安くしておきますよ？　五リラくらいでどうでしょう？」

「……あ〜……できれば買ってやりたいんだが……すまん、金がない」

「ふむ……そうですか……」

店員が何かを考え込む。

こんなに安いのに買えないのか？　と思われたのかもしれない。

「ごめんねお姉さん。もし機会があったら、買わせてもらうよ。だから今日はこれで……」

「……そうですか……。是非、またいらっしゃってください」

女性がすまなそうに頭を下げた。

本当にフィーにプレゼントしてやりたいが……文無しなのが恨めしい。

フィーの為に買ってやりたいが……。

何かこの町で金を稼ぐ手段はないだろうか？

「――あれ？　エクス――あの子って？」

「うん？」

意外なものを見たのか、フィーの声音が少し高くなった。

彼女の視線の先を追う。

少し離れた位置から、長身の女性が男たちと共に路地裏に入っていくのが見えた。

「あれ？　もしかして、選定の洞窟で会った女騎士？」

名前は確かティルクだったよな？

「あんなところで何をしてるんだろう？　表通りならともかく、裏通りの方にお店なんてないはずだけど……」

「……どうにも、面倒なことに巻き込まれてる気がするんだが？」

「ボクも全く同じことを思ってたよ……」

俺とフィーの視線が交差する。

どうする？　と互いに目で相談する。

そして、

「……ああ、もう。折角のデート中だっていうのに……でも、ボクの大好きな町で、彼女に悲しい思い出を作ってほしくないからね。エクス、女騎士君の様子を見に行ってみようか。悪いけど、もし困っていたら助けてあげてほしい」

フィーのお願いに、俺は頷いた。

その前に、俺はお姉さんにコソッと耳打ちをした。

「あのさ……お姉さん。その髪留め、取り置きしておいてもらっていいか？」

「構いませんよ。折角の一点物ですから、どうせならお似合いのお嬢様にお渡ししたいので。それに……こちらの商品は、お嬢様にお渡しする運命にあると思っていましたから」

運命か……面白いことを言う人だ。

似合う人に使ってもらいたい。

そういうことなのかもしれない。

「ありがとう、店員さん」

「いえ、それではまた近いうちに」

最悪は給料日後になるかもだが、必ずフィーにプレゼントしよう。

「……よし！　フィー、行こう！」

「うん！」

そして俺たちは、女騎士ティルクの様子を窺う為、裏通りに向かった。

※

「おい姉ちゃん、さっきは随分と舐めたことを言ってくれたじゃねえか？」

「そうだそうだ！　兄貴を誰だと思ってる!?」

「この辺りじゃ知らぬ者のいない大悪党、ティゴット様だぞ！」

裏通りに入って直ぐ、不穏な男の声が聞こえた。

俺とフィーは、物陰から少し様子を窺う。

周囲に人の気配はない。

だからこそ、こういう奴らが悪い事をするには丁度いい場所なのだろう。

「そ、それはお前たちが、あのご婦人に言い掛かりを付けていたからだ」

その言葉に対して、言葉を返したのは女騎士ティルクだ。

三人の男を前にして、恐怖したのか一歩後ずさる。

「言い掛かりだと？　ありゃ、あの女が俺の肩にぶつかってきたんだ」

「お陰で兄貴の肩が折れちまったんだよ！　ですよね、兄貴？」

「ああ、そりゃもういてーのなんのってな」

兄貴と言われた厳《いか》ついおっさんが肩を押さえ、表情を歪める。

だがその直ぐ後、「「「ひゃはははは」」」と、男たちは大爆笑した。

「お前たち、さっきは腕の骨が折れたと口にしていただろ！」

「……う、うるせえ！　腕と肩どっちも折れたんだよ！」

どうやら、骨が折れているというのは演技のようだ。

「さて、どうします兄貴？　言い掛かりを付けられた落とし前に、やっちゃいますか？」

「やっちゃうってお前、どっちの意味で言ってんだよ？」

「そりゃもう……」

ひひひっ。と、笑いながら男たちはティルクに下卑た視線を向けた。

「っ……く、来るならこい！　私は騎士として、貴様らなんかに屈したりは――あひゃん！　ふぐおっ!?」

何もないところにも拘わらず、ティルクは足を滑らせて地面に後頭部を激突させた。

「え？　あ、あれ？」

「お、オレたち、まだ何もやってねぇよな？」

まさかの状況に、流石の暴漢たちも戸惑っている。

この女騎士、やはり間抜けだ。

勇敢なのかもしれないが、あまりにも実力が伴っていない。

「ひひっ。だがよ、兄貴……やっぱこの女、いい身体してると思わねえか？」

「おお、そりゃオレも思ってたぜ。ま……こいつに邪魔されたせいで、あの女から慰謝料をぶんどれなかったからな」

「ひゃはは、慰謝料って怪我なんてしてねえじゃんかよ！」

言質が取れた。

どうやらこいつらは間違いなく嘘つきらしい。

ならもう様子を窺う必要もないだろう。

「エクス――」

フィーに声を掛けられるよりも少し早く、俺は行動に出ていた。

さっと移動して、男たちの前に立った。

「――おいお前ら、こんな爽やかな日に気分が悪くなるような事をするんじゃない」

折角の楽しい気分が台無しだ。

フィーとの初めてのデートだったというのに……。

「なっ!? なんだテメェー!?」

「ど、どこから出てきやがった!?」

「きゅ、急に現れやがったぞこいつ!?」

ただ早歩きしただけで、転移でも使ったような反応をされる。

「普通に歩いてただろ？ 見えなかったのか？」

「嘘吐くんじゃねえ！」

「そうだそうだ！」

「この嘘吐きがっ！」

う、嘘吐き呼ばわり!?

歩いただけで嘘吐き呼ばわりされるとか、人生初だよ！

「お前たちこそ嘘吐きだろ。こっちはティルクとのやり取りを、一部始終確認させてもらってるんだ。悪いが捕えさせてもらうぞ」

「捕える？　おいおいこっちは男三人だぞ？」

「そっちはお前と、そこの上品なお嬢様だけみたいだな」

「兄貴、どうせならこの女もやっちまいましょうよ」

暴漢魔たちがフィーに汚らしい目を向けた。

イラッ――胸の中に不快感が満ちる。

「言っておくけどさ。仮にキミたちが百人、いや、千人いたってボクのエクスには勝てないと思うよ？」

フィーの言葉を聞いたチンピラたちが、きょとん。とした。

そして、

「ぶはははははっ！」

「流石は世間知らずそうなお嬢様だ」

男たちが笑う。

だが、俺も少し苦笑してしまう。

「フィー、それは俺を低く見すぎだ。仮にこいつらが無限にわいて出てきたとしても、俺が負けることはない」

「そっか。ごめんね、エクス。次からは気を付けるよ」

俺とフィーのやり取りを見て、男たちは笑い声を止めた。

馬鹿にされたと感じたのか、男たちは目を血走らせている。

「は、ははは っ、だったら試してやろうじゃねえか！」

「虚仮《こけ》にしやがってよ！　テメェをぶっ飛ばしたら、そこのお嬢様をめちゃめちゃにしてやらあ！」

は？　めちゃめちゃ？

フィーを？

抑えきれない苛立ちが溢れてきた。

あ……やばっ!?　そう思った時には——俺の身体は動いていた。

そして、男の顔面に拳を叩き込みそうになったのだが、なんとかすんでのところで拳を止めた。

「え……」

フィーを馬鹿にした男の口から、掠れた声が上がった。

「な、なんだよ、ビビらせやがって、寸止めか——」

——ドバアアアアアアアアアアアアアアアアアアン！！！！！

男たちの背後から爆音が轟く。

俺が拳を振った結果が、一瞬遅れて現れていた。

「え……？」

全身を震わせながら、男たちがガチガチと首を揺らして背後を向く。

拳を振った風圧で、男たちの背後に有った建造物が弾け飛び、跡形もなく消滅してしまった。

先に気配を察知して、周囲に人がいないのを確認していたが……まさか、こんな切っ掛けで力を暴走させてしまうとは……俺もまだまだ未熟だ。

「は……え……？」

男たちの顔が、ゆっくりと俺に向く。

そして、恐怖に顔が歪んだ。

今の現象を起こしたのが俺だと、この男たちも気付いたのだろう。

先程までとは比べ物にならないほど、ガクブルと全身を震わせる。

「……反省したか？」

「「はははははははい!!」」

まるで壊れた人形のように、男たちは何度もガクガクと首を振った。

しかし……参った。

まさか建物を壊してしまうとは……。

「……フィー、すまない。建物を壊してしまった」

「とりあえず、そこで倒れてる女騎士君を宿に運ぶついでに、衛兵さんを呼んでこよう。この暴漢たちを引き渡さないとね！　壊しちゃった建物に関しては、持ち主を確認して謝るしかないかなぁ……。ただ、この辺りの建物は住民がいないはずだから、怪我人はいないと思うよ。あと……もしかしたら、感謝してもらえるかもしれないよ」

感謝される？

なぜ物を壊して感謝されるのだろうか？

ルティスに仕込まれている土下座で謝ろうと考えていたのだが……そんな疑問も、衛兵を呼んだことで直ぐに解けた。

「いやぁ〜まさかティゴット一味を捕まえてくださるなんて！　こいつらには、本当に困らされていたんですよ。指名手配もされているくらいだったので、本当に感謝いたします！」

衛兵に大感謝された。

さらに、

「それと、この建造物は取り壊し予定だったのです。ただ、それに支出できる税金もなかったので、取り壊して下さってむしろ大助かりです！　私も建物を壊すほどの魔法を見たかったですなぁ」

建物を壊したことまで感謝されてしまった。

どう許してもらおうかと思ってたんだが……とりあえず一安心だ。

しかし、今日のことは反省だな。

いくらフィーのことを馬鹿にされたからと言って、力を暴発させるのはマズい。

「問題ないなら良かった。それじゃあ後のことはよろしく頼むよ」

「はい、勿論です！　しかし、流石はベルセリア学園の専属騎士《ガーディアン》ですね。貴族生徒《プリンセス》には、大変なお手を煩わせてしまい……うん？　え——!?　あれ!?　あ、あなた様は!?」

衛兵が目をひん剝《む》く。

「だ、第五皇女……ふぃ、フィリス・フィア・フィナーリア様!?　こ、この町にいらっしゃっていたのですか!?」

ああ、なるほど。

皇女であるフィーが、この町にいることを驚いてるのか。

「そんなに驚かないでよ。ボクだって、町に遊びに来ることはあるんだから」

「も、申し訳ございません！　しかしまさか、フィリス様がいらして下さっているとは！　一言お声掛けして下されば、町を挙げてお出迎えさせていただいたのですが……」

総出って……皇女の影響力凄いな。

それともフィーが人気なのだろうか？

「いいよ。そんな大袈裟にしなくても」

「何をおっしゃいますか！　フィリス様の母君はこの町の誉れ！　もう十数年前のことですが、私は今でも覚えています！　皇帝陛下と共に町を歩く皇妃《こうひ》様の美しいお姿を――」

興奮した様子で衛兵は語り出す。

もしかして、フィリスの母親はこの町の出身者なのか？

「そういう話をしている暇があるなら、キミは自分の仕事を全うしなよ。ほら、彼らを連れて行って！」

フィーは無理やり話を戻した。

あまり触れたい話題ではないのかもしれない。

「こ、これは失礼いたしました。年甲斐もなく、興奮してしまったようで……それではフィリス様、騎士様も失礼いたします。後日、ティゴット一味を捕えた報酬が出るかと思いますので、そちらは

「フィリス様名義で、学園に送付させていただければよろしいでしょうか？」

おお！　報酬が出るのか。

「ボクは何もしてないよ。その報酬は、ティゴット一味を捕まえたエクスと、宿で眠っている騎士見習いがいるから、その子に渡してあげて」

「わかりました。では報酬は分割してお二人宛にお渡ししますので！」

「俺も貰っていいのか？」

「うん！　何もしていないボクが貰うのはおかしいし、ボクの立場でお金を受け取ったら、お父様にも迷惑が掛かるかもしれないからね」

「そうか……」

なら、その報酬でフィーにあの髪留めを……と思ったのだが。

「あ～衛兵さん。俺もその報酬はいいや」

「え!?　ど、どうしてです？」

「建物を壊してしまったからな……そのお詫びというわけじゃないが、町の為に使ってくれ」

「で、ですが……ご説明した通り、取り壊す予定の建物なのですが……」

「う～ん……だとしても、許可も取らずに壊してしまったから、順序が違うだろ。それと……他にも力になれることがあるなら手伝うぞ」

「ほ、本当ですか!?　町の財政的には色々と助かるのですが……」

衛兵は遠慮がちにフィーを見た。

第五皇女の専属騎士《ガーディアン》の力を借りる事に、躊躇《ためら》いを覚えているのだろう。

「エクスがいいなら、ボクは構わないよ」

「ああ、お詫びだからな」

それと自分への反省だ。

「あ、ありがとうございます！　では、直ぐに町長に連絡を取りますので、是非！」

衛兵は暴漢たちを連れて、シュバババババと走って行った。

「……ごめんな、フィー」

「え？　何が？」

「迷惑を掛けてしまった。それに折角のデートだったのに……余計な仕事を増やしてしまって……」

「気にしないで。元々、あの女騎士君を放っておけないって言ったのはボクなんだから……」

フィーは怒ってはいないようだ。

だが、それでも俺自身はちょっと申し訳なく思う。

フィーの専属騎士《ガーディアン》として、彼女に恥をかかせないように、今後は精進していこう。

真面目にそんなことを考えていると、

「それにね、エクス」

フィーは優しい笑顔を見せた。

それは完全に不意打ちで、俺は目を奪われる。

「キミはボクの為に怒ってくれたんだろ?」

「それは……」

言葉が詰まる俺をフィーは抱きしめた。

そして、

「ありがとう、ボクの専属騎士《ガーディアン》。怒ったキミを初めて見たけど、ああいう野性的な感じもボクは好きだよ」

その言葉は『どんな俺でも受け入れてくれる』と、フィーが言ってくれている気がした。

「衛兵さんが戻ってくるまで、少しだけこの辺りを見ていようか。それだって立派なデートさ」

俺から離れて、そして俺の手を取って、フィーは無邪気に笑った。

不意に目頭が熱くなる。

悲しくもないのに、感情が昂《たかぶ》って、涙が出そうだった。

もっと、もっと、フィーのことを知りたいと思ってしまう。

「エクス、行こ」

「ああ」

俺たちは少しのデートを楽しみ。

それから衛兵さんが町長を連れてきて、町の不要物の取り壊しを手伝った。

「これで新しい店を出せるな!」

「こんだけ広々としてるなら、別の町にいる露天商を呼ぶのもいいんじゃないか?」

「みんな聞いた？　フィリス様の専属騎士《ガーディアン》が、ティゴット一味を捕まえてくれたそうよ！」

多くの人々の感謝の声と共に、町はさらに活気づいていく。

そして、作業を終えた頃には夕刻になっていた。

※

「フィー、陽も随分と落ちてきた。そろそろ帰るか？」

今から町を出れば、陽が暮れる前には寮に着く。

時間的にいい感じだろう。

「……ねぇ、エクス……最後に付き合って欲しいところがあるんだけど、いいかな？」

迷うような間があった。

何か気になることが……あ、そうか。

（……寮を出る前にニアと話していた件か？）

途中で合流するって言ってたもんな。

「……なぁ、フィー。もしかして、俺がいない方がいいんじゃないか？」

「そんなことないよ。ごめんね、エクス。ボクの迷ってる気持ちが、キミに伝わっちゃったんだね」

フィーは優しく笑った。

そして一呼吸置いた後、俺の目を真っ直ぐに見つめた。

「だけど……やっぱり、キミには来てほしい」

彼女の眼差しから決意に似た想いが伝わる。

きっとフィー自身、しっかりと考えて決断した事なのだろう。

「わかった。フィーが望むなら俺はどこにだって付いていく」

「うん」

俺たちはどちらからでもなく、自然に手を繋ぎ、共に歩き出した。

徐々に人気《ひとけ》はなくなり、町の人々の声も聞こえなくなっていく。

そして、町のはずれ……裏通りよりも遥かに寂れた場所に到着した。

正方形の石……のような物が、そこには複数横並びになっている。

「フィリス様……お待ちしておりました」

その場所では既に、ニアが待っていた。

手には白い花束を持っている。

「ごめん、ニア。少し待たせちゃったかい？」

「いえ。先程、到着したばかりですので」

一礼するニアから、フィーは花束を受け取った。

「……ありがとう。この辺りにはティルの花がないから、手に入れるの大変だったでしょ？」

「この程度の事は、なんでもございません」

　ニアは辛そうな顔で微笑んだ。

　そしてフィーとニアの視線が、立ち並ぶ石の一つに向いた。

　その石の多くには人の名前が書いてあるのだが……フィーたちが目を向けている石にだけ、何も書かれていない。

「……フィー、これは……？」

「突然で驚いたよね。これは、ボクのお母様のお墓なんだ」

　やはりそうなのか。

　……だが、おかしい。

　他と違い、この墓だけ何か違和感が……。

「お母様……紹介するね。彼は、ボクの専属騎士《ガーディアン》。エクスって言うんだ」

　母の墓で、フィーは報告を済ませる。

　そして、持っていた花束を墓の前に置いた。

（……あっ、そうか！）

　俺はやっと違和感の原因に気付いた。

「エクス……どうして、お母様の墓石にだけ名前が書かれていないかわかる？」

「偽物の墓だからだろ？」

　俺は答えた。

「え……？」

「っ――」

俺の答えが予想外だったのか、フィーは呆気に取られる。

同時に、微かにだがニアの表情が揺れた。

「……な、何を言ってるんだよ！　なんでエクスまで、お母様を侮辱するようなことを言うの？　名前も書かれていないお墓だけど、偽物なんて、そんなわけないだろ！　ボクは真面目に話をしてるんだよ！」

フィーの表情に怒りが混じる。

それはいつもの拗ねた感じじゃ、冗談とは違う。

フィーが俺にこんな怒りを向けるのは初めてで、少しだけ胸が痛くなる。

「エクス、ボクのお母様は皇族だと認められていなかったんだ！　下賤《げせん》な田舎の町娘が、権力を求めて皇帝に媚《こ》びへつらって、まるで娼婦のようだと罵られていた。そんなお母様をお父様は守ってさえくれず、最後には皇族の恥だと暗殺されたんだよ！」

鬱屈としていた感情を爆発させるように、フィーは止まらぬ叫びを上げる。

俺は初めて、彼女の抱えていた闇に触れた。

（……そうか）

フィーが学園で人を寄せ付けようとしないのは、専属騎士《ガーディアン》を持とうとしなかったのは、他人を信じることができないから……。

学園内にも敵はいるかもしれないと……自分も母親のように暗殺されるかもしれないと、恐怖し

ている から。

だからフィーは……学園とは関係ない、完全な部外者の俺を、専属騎士《ガーディアン》に任命したんだな。

出会ったばかりの俺に頼らなければならないほど、フィーの心は追い込まれていたんだな。

今まで気付くことのできなかったフィーの弱さが、触れることすら躊躇ってしまうような複雑な感情が、どんどん流れ込んでくる。

（……なんだ……これ？）

もしかして、結合指輪《コネクトリング》の効果なのだろうか？

「お母様は皇族として名乗ることも許されないまま、ただお墓だけが与えられた。この町の人は、お母様を誉れと言ってくれるけど、お母様が亡くなられた事すら知らないんだ……」

フィーはずっと溜め込んでいた気持ちを吐き出す。

辛い気持ちを……悲しい気持ちを……。

でもフィー、お前の知っている事実は……真実とは違うんじゃないか？

「……フィー、聞いてほしい……」

戸惑いながらも、俺は、この墓を偽物だと言った理由を伝えようとした。

だが、

「っ……ご、ごめん。ボク、何を言ってるんだろ。……こんなの、キミに八つ当たりしてるのと同じだ……」

俺の視線から逃れるように、フィーは顔を背けた。

その瞬間、フィーの感情が、強い恐怖が伝わってくる。

『やだ、やだよ、このままじゃエクスに嫌われちゃう』

『ボク、イヤな子だと思われちゃう』

『そんなのやだ。どうしよう、どうしたら？』

恐怖に怯えたフィーが後退《あとずさ》り、この場から立ち去っていく。

「フィー、待って――」

「来ないで！」

パン――と、鈍い音がなる。

俺の伸ばした手を、フィーが拒絶した。

「ぁ……」

その行動にフィー自身が驚くように目を見開く。

フィーの言葉と行動は、本当の想いじゃない。

それは伝わっていたはずなのに、信じられないくらいの動揺が心に走る。

「……ボク……最低だ」

そう言ったフィーは、今まで見せたことのないくらい、辛そうな表情をしていた。

フィーは俺から逃げるように走り去っていく。

「ま、待ってくれ……話を――」

伸ばした手はフィーには届かない。

そして彼女は、俺から逃げるように走り去って行った。

「フィリス様!?　エクスさん、早くフィリス様を――」

「……――ニア、お前は知ってたんだよな？　この墓が偽物だって事を……」

「っ……!?」

ニアが息を呑んだ。

その表情には明らかな動揺が浮かぶ。

「後で理由を聞かせろ。フィーにもちゃんと説明しろ。

理由次第じゃ……俺は皇帝含め――フィーを悲しませた奴ら全員を許さない」

それだけ伝えて、俺はフィーを追いかけた。

※

フィーは直ぐ見つかった。

人が行き交う町の中で、一人だけ立ち尽くしている。

通行人たちは奇異の目で、そんなフィーを見ていた。

「フィー！」

今にも壊れそうなくらい、ボロボロな彼女を俺は優しく抱きしめる。

「エクス……」

掠れた声でフィーが俺の名前を呼ぶ。

「……ボク、最低だよね。……一緒にいたら、またキミを傷付けちゃう」

フィーの目からはポロポロと涙が零れている。

俺が悲しませた。

俺がフィーを傷付けた。

同じだよ、フィー。

俺もフィーを傷付けるのが怖いよ。

でも、それでもさ……。

「フィーは最低なんかじゃない。俺は色々なフィーが知りたい、フィーをもっと理解したい」

泣きはらし赤くなった瞳を、フィーが俺に向けた。

「傷付いて、傷付けあってしまうことがあるかもしれないけど、それでも俺はフィーのことが大切だから、だからもっと――フィーを知りたいんだ」

「……ボクはエクスの思ってるような女の子じゃないよ。もっと弱くて、イヤなところもいっぱいあって……。いつかボクはキミを、キミの心を、もっともっと傷付けてしまうかもしれない」

「そのくらいじゃ俺は傷付かない。それよりも、フィーがそんな悲しい顔をしてる方が辛い」

どうしたら、俺の気持ちを伝えられるだろう。

「……もしボクが泣いてばかりいるような女の子だったら？　人のことを悪く思うような、性格の悪い女の子だったら？」

「それはフィーだけじゃない。俺だって、誰だってそうだ。泣くこともあれば、悪い気持ちを抱くこともある。それが普通だ。俺はフィーに、完璧なんて求めてない。自分の理想像を押し付けたいわけじゃない。ありのままのフィーがいいんだ」

フィーを安心させてやりたい。

「ボク……怖いよ。ボクの全てを受け入れて、好きになって欲しいって思う。でも……キミが好きだから、嫌われたくないから怖いんだ」

「今この瞬間も、こうして新しいフィーを知る度に、どんどん好きになってる。なのに、どうやったら嫌いになれるんだよ？」

言葉では伝えられない事も含めて、この気持ちを伝えたいと、俺は彼女の手を取った。

そして自分の胸に押し付ける。

結合指輪《コネクトリング》がもし、大切な人との感情を繋げるものであるなら、今だからこそフィーに俺の想いを伝えたい。

「フィー、伝わるかな？」

「エクス……」

左手の薬指にはめている結合指輪《コネクトリング》が、うっすらとだが光を放った。

互いを想う感情が伝わっていく。

俺とフィーが、互いをどれだけ大切に思っているかが伝わっていく。

『エクスのことが好きだよ』

フィーの心が俺に伝わる。

『フィーのことが好きだ』

俺の心がフィーに伝わる。

『ボクの方が、もっとエクスのことが好きだよ』

『俺の方が、もっとフィーのことを好きだ』

その声はどんどん大きくなっていく。

『もっと色々なフィーが見たい。いいところも、悪いところも、全部受け入れる』

『うん。ボクの全部をエクスに見てほしい。全部を受け入れてほしい』

互いの感情が抑えきれなくなって爆発してしまいそうになる。

今この場で互いの全てが欲しくなる。

この瞬間は本当に一瞬のことだったのかもしれないけど、間違いなく俺たちは結合《コネクト》していた。

そして、結合指輪《コネクトリング》はその役目を終えたかのように、小さな輝きを消した。

「……伝わったろ？」

「うん……伝わった。ボク、やっぱり弱虫だ。エクスになら全てをさらけだしていいと思ってたのに、それを怖がってた」

　言って、フィーがはにかんだ。

　彼女の弱い部分。

　触れられたことのない、見られたくない心を、俺にだけ触れさせてくれた。

「ボクの全てを受け入れたいってエクスの気持ちが、こんなボクでも好きだっていうエクスの気持ちが、いっぱい溢れてきた」

「フィーが俺をどれだけ好きでいてくれているかも、ちゃんと伝わった」

「っ……ボク、恥ずかしいよ……」

　いつもは小悪魔のように俺を誘惑するフィーが、今はただ照れて、真っ赤になって、何も言えなくなっていた。

　もっと、フィーの恥ずかしがる顔が見たい。

　俺はそんな衝動に駆られた。

「フィーは俺のことが大好きなんだよな」

「っ……それは……」

「今、ギュッと抱きしめて欲しいって思ってるだろ?」

「〜〜〜〜〜」

　ただでさえ照れていたフィーの頬が、より熱を帯びていく。

　こんなフィーをもっと見たい。

「ば、バカ！　エクスのバカ！　イジワル！　もう知らない！」

フィーはプイッと顔を背ける。

そんな彼女の全てが、愛おしくて仕方なかった。

もっと、フィーを知りたい……でも、その前に……。

「フィー」

「……なに？」

「ごめん。可愛いフィーが見たくて、イジワルした。でも……仲直り……してくれるよな？」

「……──うん！」

今度はフィーから、ギュッと俺を抱きしめて、

「エクス、ボクと仲直りしてください」

フィーの涙はもう止まっていて、優しい笑顔を返してくれた。

「それとさ、フィー。さっきのこと、怒らずに聞いてほしい」

ちゃんと伝えなくちゃいけない。

「お母様の……お墓のこと、だよね？」

「ああ。ちゃんと説明するから、だから聞いてほしい」

「うん！　もう……逃げたりしないから」

フィーが決意を固めた──その時だった。

『あ〜、あ〜、エクス、聞こえるか？　わらわだぞ！』

幻聴だろうか？

ルティスの声が聞こた。

「エクス……今、何か聞こえなかった？」

「え？　フィーにも聞こえたのか？」

「うん、女の人の声が……」

「じゃあ……幻聴じゃない？」

『幻聴ではない！　ようやく繋がった！　貴様の座標《いち》を探すの死ぬほど苦労したぞ！　次元を超えた念話《テレパス》は初めてだったこともあるが、このわらわにとってすら、とんでもない難易度の高さだ……』

「って、ルティス!?　マジでルティスなのか!?」

「え？　ルティスさんって……エクスの育ての親だって言ってた？　この声の人が……」

『む？　エクスの他に、もう一人と繋がったか。次元を超えて念話《テレパス》を成功させるとか、やっぱりわらわって凄い！』

「は、初めまして。フィリスと言います。えと、エクスとはその……」

『あ～自己紹介は後にせよ。次元超えの念話《テレパス》は魔力の消費が半端じゃない上に、もうあまり時間がない』

「時間がってなんのことだ？　くだらないようなら、後にしてくれ。こっちも色々と忙しいんだ」

『突然ですまぬと思っておる。が、今は我慢して聞くがよい！　人間界崩壊の危機だ！　つまり放置すればお前ら全員死ぬ！』

人間界崩壊？　なに言ってんだこいつ？

俺とフィーは思わず目を合わせた。

『実はお前を人間界に送った扉《ゲート》――ブラックホールがあるだろ？　あれな……今も消えてないんだわ……。それどころかどんどん穴が広がってしまってな……』

「だからなんだ？　それならそっちで対処してくれ」

『いや、こっちでも色々と対処しているんだが……。ほらあれ、なんでも吸い込むだろ？』

確かにあれは圧倒的吸引力だった。

俺もあっという間に吸い込まれたからな。

ルティスとの戦いで力を大幅に失っていたとはいえ、不覚だった。

『でな、お前がいなくなったことで、新たな魔王継承権を巡って、こっちの奴らがドンパチやっておって、それがまた遠慮のない戦いなのだ。わらわも、それなりの強度の結界を張っておったのだが、ある魔法に貫かれてしまってな……』

「長い！　言い訳はいいから要点だけ伝えろっ！」

『あ～～～すまぬ!!　実は超特大級の魔界玉が、ブラックホールの中に吸い込まれた!!』

魔界玉か。

あまり使うことはないが、それは俺の得意魔法の一つだ。

魔界中のありとあらゆる欲望を集め、それを力に変えることのできる魔法だ。

欲望の量だけ力が増幅して、そのエネルギーが大きな太陽を形作っていく。

まぁ、色は黒いんだけどな。

「で、それがなんだ?」

『そろそろ、人間界に落ちる!!』

そうか。

超特大級の魔界玉が……って――

「はあああああああああああああああああっ!?」

『すまぬ! マジすまぬ! わらわが眠ってる間に、ブラックホールに吸い込まれたと連絡がきた』

「寝るなよ! 徹夜で頑張れよ!」

『ブラック企業の社長かお前は!! 魔界労働基準局に訴えるぞ! わらわだって頑張ったのだ! で、その魔界玉だが、まともに落ちたら、人間界が消し飛ぶくらいの威力だ。だから現在進行形で、人間界崩壊の危機なのだ!!』

「危機なのだ!! じゃねえよっ!」

『わらわに怒るな! 継承者候補のバカエリートに言え!』

やりやがったのは、あの戦闘バカエリートか!!

「――って、おいルティス! 早速、空が歪んでるぞ!」

『始まったか……』

巨大な暗黒が天上を覆い、ユグドラシル大陸に深い影を落とした。

恐らくその瞬間、この大陸に住む全ての人々が空を見上げただろう。

『もう時間がないな。すまぬが、後は頼むぞ。これは借りにさせてくれ。もしお前が困ったことがあれば、わらわが助けてやるから』

助けるなら今手を貸せ……と言いたいところだが、んなこと言ってる暇はない。

フィーのいるこの世界を、消滅なんてさせてたまるかっ！

『ああ！　奴らまた面倒なことを――すまぬ、それじゃ切るからな、エクス！』

プツン――と念話《テレパス》が切られた。

「エクス……」

フィーが不安そうな顔で俺を見つめる。

「大丈夫だ」

俺はフィーを安心させてやりたくて、彼女の頭を優しく撫でた。

その間にも世界を消滅させるかのように、空が裂けていく。

黒い暗黒の塊が姿を見せ――ユグドラシル大陸を闇に覆っていく。

「フィーの為なら俺は、なんだってできる気がするんだ。だから――俺を信じてくれるか？」

こんな時になんだけど……いや、こんな時だからこそ――俺はフィーの言葉が聞きたかった。

「……うん！　信じるよ！　ボクはキミの気持ちを知っているから、もう迷わずにキミを信じることができる！　ボクの専属騎士《ガーディアン》は無敵だ！　誰にも負けない！　どんな困難からだって、ボクを守ってくれる！　他の誰が信じてなくたって、ボクはキミを信じられる！　だから——この世界を、この世界に生きる人を、ボクを守って、エクス！」

紡がれたフィーの言葉が、その想いが、俺の心を満たしていく。

結合指輪《コネクトリング》が小さな煌めきを放ち、彼女の言葉が俺の力に変わっていった。

その瞬間——

「!?」

「な、なんで、選定の剣が!?」

唐突に俺の目前に選定の剣が出現した。

剣は宙に浮かび、自分の存在を誇示するように、強い光を放っている。

「理由はわからないが……使える物は使わせてもらうさ」

俺は導かれるように剣の柄を握った。

すると王家の指輪が強く輝き、選定の剣が形を変えていく。

美しい白銀の剣は——俺の身長ほどはあるような白と黒の大剣へと姿を変えた。

その剣を通じ、全能感すらも感じるような莫大な力が、俺の身体に流れ込んできた。

（……これが選定の剣——勇者の剣の本当の力？）

いや、それだけではない。

王家の指輪の力も関係しているのかもしれないが——今は、考えている時間はない。

「フィー、少し待っててくれ」

「エクス……？」

「今からちょっと、世界を救ってくる」

重力制御《グラビティ》を使用して俺は全力で跳躍した。

世界を壊す暗黒が迫る。

それは魔界中の悪意を吸いつくしたような、超巨大な魔力の塊となっていた。

だが、全く恐怖はない。

結合指輪《コネクトリング》を通じて、今は力が満ち溢れてくる。

空中で静止して、俺はその場に留まった。

世界を消滅させるほどの力に対抗するには、こちらもそれなりの力をブッけなくてはならない。

俺は人間界に来てから初めて全力を解放する。

莫大な魔力を剣に流すと、俺はその場で両手剣を振り上げた。

「フィーのいるこの世界を――」

迫り来る暗黒に向かい、剣を振り下ろす――その瞬間、剣から夥《おびただ》しいほどの光が放出された。

「――壊しにきてんじゃねえええええええええええええっ!!」

それは強大な力を秘めた白刃となり、大陸を覆い尽くすほどの闇を切り裂く。

だが、魔界玉を消し飛ばすだけでは意味がない。

本当に消滅させる必要があるのは――人間界と魔界を繋ぐ次元の歪みだ。

なら、

「ぶっ飛べえええええええええええええええええええええ!!」

パアアアアアアアアアアアアアアアアアアアアアアアアアアアアアン!

勇者の剣から放たれた光撃が、次元の歪みごと空を裂いた。

それが世界を覆う闇の終焉だった。

大陸を覆っていた不穏の影は既に跡形もなく消え去り、世界中を温かい希望の輝きが照らす。

この時——その光を見た人々は、奇跡が起こったのだと理解した。

その奇跡を起こしたのが誰か知っているのは、たった一人の少女だけ。

(……はぁ)

フィーのいるこの世界を、俺はちゃんと守れたようだ。

安堵しながら、俺はゆっくりと地上に戻る。

「エクス!!」

大切な人の笑顔が俺を待っていた。

「見ててくれたか、フィー」

「うん! 見てたよ! ずっと見ていた! キミが世界を救うところを! 感じていたよ! ボクを守ろうとしてくれた想いを! エクス、キミは英雄だ! 間違いなく真の勇者だ!」

「違うよ。今の俺は英雄でも勇者でもない。俺はフィーの専属騎士《ガーディアン》なんだから」

「——エクス〜〜〜〜〜〜〜っ!」

抑え切れない想いと共に、フィーが俺の胸に飛び込んできた。

そのままギュッと、抱きしめ合う。
フィーの笑顔を守れた事――それは俺にとって、百万の人々に功績を称えられる事なんかよりもずっと、誉れ高い事だった。

※

魔界玉を消滅させた後、勇者の剣は元の形に戻っていた。

今は結合指輪《コネクトリング》の光も消えている。

まるで、今は役目を終えたとばかりに眠っているようだ。

「今のは……なんだったんだろうな?」

「オレたちは……夢でも見てたのか?」

「でもよ……なんで、また太陽が出て来てんだ?」

町の人々は、今も空を見上げ、こんな会話をしていた。

まるで天変地異のようだった出来事も、きっと直ぐに人々の記憶からは消えていくことだろう。

――バタバタバタバタバタ。

多くの雑音が混じる中で、一際大きな足音が聞こえてきた。

「フィリス様〜〜〜〜〜!!!　ご無事ですか!　先程の爆発でお怪我は!?」

その足音の正体はメイドのニアだ。

「ボクは大丈夫、怪我はないよ。エクスが守ってくれたからね」

「ご無事で何よりでございます！　エクスさん、本当にありがとうございます！」

深々と心配性のメイドが頭を下げて、安堵したように深く息を吐く。

フィーの無事を確かめるまで、不安でたまらなかったのだろう。

そして、ニアがフィーを大切に思う気持ちに偽りはないと思う。

だが——だとしたら何故ニアは、フィーを騙《だま》すような事をしているんだ？

「ニア……少し前に俺が言った事、覚えてるよな？」

「そ、それは……」

「フィーの母親の墓地……その棺の中には何も入ってないんだろ？」

「っ……どうしてそう思うのです？」

「魔力だよ。他の墓地からは何も感じなかったのに、フィーの母親の墓地からは、明らかに異常な魔力の波動があった」

どんな魔法が使われているのかはわからなかったが、あれだけの魔力を内包しているのは驚きだ。

やはり人間界にも相当な使い手はいるらしい。

それと、実はもう一つ理由がある。

他の墓地からは……まぁ、そのあれだ……色々と匂っていたのだが、フィーの母親の墓地は何ら匂わなかった。

魔界の嗅覚選手権で優勝経験のある俺が、そう感じたのだから間違いない。

「……」

ニアは俺たちから顔を背けた。

この態度を見るだけで、俺の発言が事実だと物語っている。

いくらでも嘘は吐けたはずなのに、適当な発言で誤魔化すつもりはないらしい。

となると……話すわけにはいかない理由があるのだろうか？

「ニア……。ちゃんと、ボクのことを見て」

名前を呼ばれ、ニアは背けていた顔をフィーに向けた。

幼い頃から共にいる侍従《じじゅう》を、主である少女が直視する。

その揺らぎのない直向《ひたむ》きな眼差しを受け、ニアは複雑な表情を見せた。

「……あのお墓が偽物っていうのは、どういうこと？　ニアは何か知っているの？」

その声は、悲哀すら感じさせるものだった。

だが、フィーは決して怒りを向けたりはしない。

ただ、静かにニアを見つめる。

「答えられないこと……？」

静かに、困った顔でフィーが紡いだ言葉。

その瞬間、ニアは堪えきれなくなったように、口を開いた。

「皇帝陛下……どうかお許しください。わたくしはもう……フィリス様を謀《たばか》るような真似はいたしたくないのです」

それは、苦渋の決断だったのだろう。

だが決意を固めたのか、ニアの瞳には強い光が宿った。

「わたくしは……わたくしは――フィリス様に隠していたことがございます」

「それはお母様のことで、なの？」

主の言葉に対して、ニアは静かに、だがしっかりと頷き。

「フィリス様……どうかお願いです。この話をする前に、どうか場所を移させていただけないでしょうか？」

ここでは話すことができない……と、ニアの瞳が語っている。

それだけ大きな秘密なのだろう。

皇帝とニアが口にした以上、彼女の抱える秘密は――フィーの父親が大きく関わっていることになるのだから。

「……わかった。一度、学園に戻ろう」

「いや、必要ないぞ」

パン――と、手と手を合わせて音がした。

瞬間、周囲の人々がこの場から去って行く。

「エクス、これは……？」

「人払いと、気配遮断の魔法を掛けた。勇者や魔王クラスの化物でもない限りは、ここに入っても来ないし、俺たちに気付きもしない」

「……エクスさん。以前から思っていましたが、あなたは何者ですか？」

「俺はフィーの専属騎士《ガーディアン》だ」

「だね。エクスはボクの専属騎士《ガーディアン》」

俺たちは顔を見合わせ、ギュっと抱きしめ合っていた。

だが、そのお陰で気付いた。

フィーの身体が少し震えている。

これから聞く事となる真実が怖いのかもしれない。

「……フィリス様に……頼れる方ができたこと、わたくしはそれを本当に嬉しく思います」

俺たちの様子を見て、ニアは柔らかな笑みを見せた。

「今から話すことは、たとえ誰が相手でも他言してはいけません。落ち着いてお聞きください」

念を押すニアに、フィーは頷いた。

その事を確認し、忠義の従者《メイド》は口を開く。

「――フィリス様のお母様――ティア皇妃は……今も生きておられます」

「え……お母様が……お母様が生きている!?　だってお母様は……確かにボクの目の前で……」

母親が暗殺されたとは聞いていたが、フィーの目の前で起こった事だったのか。

だとすれば伝えられた真実を、受け入れることができなくても仕方ないだろう。

「……事実なのです」

「なら、ボクが見たのはなんだったの？　刺客に襲われて血を流して、冷たくなっていったお母様は……誰だったの？」

フィーは震える声で、なんとか言葉を繋いでいく。

聞きたいことが沢山あり過ぎて、混乱してしまっているのかもしれない。

だが、決して信じたくないのではない。

間違いなく、この真実をフィーは信じたがっている。

俺の心には、そんなフィーの想いが伝わっていた。

「……あれは宮廷魔法師マリン様の手によって作られた人形――偽人《レプリカント》と言います」

レプリカント？　聞いたことがないな。

自動人形《オートマタ》のようなものだろうか？

あれなら魔界ではよく戦闘訓練に使われる。

しかし、ようやく謎が一つ解けた。

「つまり墓の中――棺に入っているのは偽人《レプリカント》なんだな。おかしな魔力を感じたのはそのせいか」

「……恐らく、そうなのだと思います。わたくしはエクスさんのように、魔力を感じる？　という
ことはできませんが……。フィリス様、皇妃様は生きておられます」

「……あの時、暗殺されたのはお母様じゃなく、偽人《レプリカント》？　でも……なんでそんなことを？　誰が宮
廷魔法師に命じて偽人《レプリカント》を？」

今のフィーの質問は、俺にでもわかる簡単なことだった。

「そんなの、フィーの父親しかいないだろ」

「違う。ありえないよ、エクス。お父様は王城で迫害されるお母様を助けようともしなかった。見て見ぬふりを続けて……お母様がどれほど辛かったか……」

フィーは悔しさを抑えるように、自分の唇を噛んだ。

過去の出来事を鮮明に思い出しているのかもしれない。

それはきっと、フィーにとっては辛い記憶なのだろう。

「そう考えてしまうのも無理はないと思う。だが、見て見ぬふりをしているなら、偽人《レプリカント》なんて物を用意しなかったんじゃないか？」

「それは……」

フィーは言葉に詰まる。

彼女自身、それを違和感に思っているのだろう。

「わたくしは、あの当時のフィリス様の悲しみも、そして皇妃様の苦労も存じあげております。ですが、皇帝陛下は皇妃様を救うために、敢えて自らが手を出すような事はしなかったのです」

「ボクにはお父様の考えがわからない……」

「……お考え違いをなさっています。ティア皇妃様は陛下のご寵愛を受けておりました。しかしそれは、他の皇妃様方からの憎悪の対象になってしまった。そして、娘であるフィリス様にも憎しみの炎は向いていた」

「だからこそ……ボクたちを遠ざけたっていうの？」

戸惑うフィーに対して、確信を得ているように、ニアが頷いた。

「フィリス様もご存知の通り、王城は常に権力争いが続いております。特に次期皇帝の跡目争いに関しては、言葉に出すのも凄惨なほどに……」

「だとしても、ボクは第五皇女だよ？　跡目争いなんて舞台にすら立てていない。何よりお母様……の偽人《レプリカント》は、お父様に遠ざけられていたにも拘わらず、暗殺されたじゃないか！」

確かにそれはおかしい。

遠ざけられた上で、なぜフィーの母親は狙われた？

「それは――ティア皇妃様が、男児をご懐妊されていたからです」

かいにん？　なんだそれは？

「か、懐妊!?　って、ボクには……弟がいるってこと？」

お、弟!?

懐妊って、つまりそういうことか!?

少なくとも俺にとっては予想外の展開だった。

が……納得は行った。

「弟ってことは――つまり皇帝候補ってことなんだよな？」

「はい。順当であれば皇位継承順位第三位――権力の亡者たちが放っておくわけがありません」

「……じゃあ、お母様が暗殺されたのは……」

「はい。弟君――殿下をご懐妊されていた為です。そして暗殺を予期していた陛下は宮廷魔法師を頼り、偽人《レプリカント》を作らせ、権力者たちを出し抜いた。陛下がティア皇妃とフィリス様を愛しているからこそ、命だけでもなんとしても救おうとした――これが……わたくしの知る事実です」

「そんな……」

フィーの口からは、それ以上の言葉が出て来なかった。

拒絶されていたと思ってた父親が、自分たちを救う為にどれだけ手を尽くしてくれたのか。

今まで知ることのなかった真実に、フィーの瞳からは涙が溢れていた。

「ボク……何も知らなかった。お父様に嫌われてるって、拒絶されてるって、怒りすら、憎しみすら向けていたのに……。なのに……お父様は……」

父親の深い愛情、自分に対する情けなさ、悔しさ、後悔……フィーの心に多くの感情が渦巻いていく。

でも、それでも……そこにある一番強い想いは……。

「ボク、お父様に謝らなくちゃいけないのに、それでも嬉しい気持ちが溢れてる。お父様がお母様を深く愛してくれていたことが、ボクのことをちゃんと愛してくれていたことが、生まれて来る弟を守ってくれたことが――」

顔をくしゃくしゃにさせて、フィーの瞳からは涙が流れ落ちる。

俺はフィーの悲しい顔を見たくない、悲しい涙を見たくはない。

でも、今フィーが流している涙なら見ていて辛くはない。

「――ボクは嬉しくて仕方ないんだ」

だってそれは、俺の心の中にとても温かい気持ちが溢れてくる、そんな嬉しい涙だったから。

※

フィーが泣き止むまでの間、俺は彼女の傍に寄り添っていた。

「……エクス、傍にいてくれてありがとう。もう大丈夫だから。ごめんね……ボク、今日は泣いてばかりいるな」

落ち着きを取り戻したフィーは、照れたような笑みを浮かべる。

瞳はまだ赤いが、その表情は晴れやかなものだった。

「話してくれてありがとう、ニア。お父様から、口止めされていたんだよね……」

忠義に溢れたこの従者が事実を隠し続けてきたのは、主の身を守る為なのは間違いない。

「……はい。わたくしは陛下の命に背きました。フィリス様のお辛い気持ちを知った上で、嘘を吐き続けておりました。裁きを受けても仕方ないと考えております」

「裁きなんて、そんな必要ないよ。ボクの為にしてくれた事は、ちゃんとわかってるから」

「ですが……」

ニアの表情は苦渋に歪む。

これまでフィーを騙し続けていた罪悪感。

自分自身の咎《とが》に、ニアは堪えきれないのだろう。

「いいの！　ニアの辛かった気持ちを、全部わかるとは言わない。でも、ボクの事を想ってくれていた気持ちは、ちゃんと伝わってるよ。その気持ちに、感謝している」

「だとしても、たとえこれがフィリス様を想っての行動だったとしても、それでもわたくしは……自分が許せないのです……。陛下から計画を聞かされてから八年もの間、主を謀るような行動を取り続け、事実を知りながらも、何食わぬ顔でお傍に仕えていたなど……侍女失格です」

どうやらニアにとって、忠誠を誓った主君を裏切るという行為は、想像を絶する以上の罪の意識を生んでいたようだ。

このままでは、頑《かたく》なに自分を許そうとはしないかもしれない。

「今のニアに必要なのは、自分を許す為の罰か……」

「……エクスさんのおっしゃる通り、わたくしは罰を欲しています。罰をいただけないのなら、自らこの身にナイフを突き立て――」

メイド服の中からナイフを取り出すニア。

って、おい!?　なんでメイド服の中にナイフが入ってんだよ!?

「あ〜〜もう！　わかった、わかったよ！　罰がニアの心を救う為に必要だっていうなら……」

慌ててニアを止め、フィーは考える。

どんな罰を与えるべきなのかを。

そして、直ぐに答えを出した。

「ニア――これは本当に酷い罰だ。これからの人生……キミに対する大きな障害になる。それでもいいんだね？」

重々しい声音と共に、フィーはニアを直視する。

「……覚悟しております」

主に向けられた視線に忠実なる従者は頷く。

どんな恐ろしい罰でも、彼女は素直に受け入れるだろう。

「いい覚悟だ。なら、罰を与える。――キミは今日から、ボクの命令に絶対服従すること」

「ぜ、絶対服従……？」

「不服なのかい？　早速、ボクの命令に逆らうの？」

「そ、そのようなことは！　かしこまりました。わたくしは生涯、この命が尽き果てるまでフィリス様に絶対服従すると誓います」

言葉と共に跪《ひざまず》き、ニアは罰を受け入れることを誓った。

そんな侍女を見て、フィーは直ぐに口を開いた。

「なら、最初の命令だ」

「なんなりと……」

ニアは跪いたまま顔を伏せ続けている。

だから彼女は今、フィーがどんな顔をしているか気付いていないだろう。

「ちゃんと、自分を許してあげること――いいね？」

「っ!?」

その命令に、ニアは思わず顔を上げた。

予想外の命令だったのだろう。

「……フィリス様」

ニアの目に、悪戯っぽく、でも優しい笑みを浮かべたフィーが映る。

「命令、聞いてくれるよね？」

主からの慈しみに溢れた命令に、ニアの目からは一筋の涙が零れた。

だが、彼女は直ぐに主からの命令に応じる。

「……それが――わたくしの親愛なる皇女殿下――フィリス様のご命令であるのなら」

ニアの言葉に、フィーは嬉しそうに頷いた。

これはフィーだからできた――頭の固すぎる従者の罪を解く、たった一つの冴えたやり方だったように思う。

（……とりあえず、一件落着だな）

抱きしめ合う二人の笑顔を見守りながら、俺はフィーとニア、主従関係以上に強い二人の絆を感じた。

これで一件落着ではあるが……もう一つ、どうせなら欲張りたいことがある。

「なぁ、ニア。フィーの母親と弟は元気なんだよな？」

「はい。どちらもご壮健でございます。居場所に関しましては、限られた者のみしか知らされておりません」

「ニアは知ってるのか？」

「……存じ上げております。万一があった場合、微力ながらわたくしも駆け付けるよう命《めい》を受けておりますので……」

「……ニアは随分と多くの命令を受けてるんだな？　もしかして……あの念話《テレパス》の相手は……？」

俺は寮の裏であった出来事——ニアが手鏡のような魔法道具《マジックアイテム》を使い念話をしていた時のことを思い出した。

「もう隠す必要はございませんね。あれはわたくしの父です。何か変化があった際のみ、こちらの状況を伝えています」

そしてニアの父から、皇帝に伝わる……と言ったところか。

皇帝からの信頼も厚く、ただのメイドとは思えない。

実は強かったり……は、ないか流石に。

「ニアの家系は代々、皇帝専属の侍従なんだよ。だから皇帝——お父様からの信頼も厚いんだと思う」

「なるほどな。皇帝の頼れる相棒みたいなもんだ」

「相棒は大袈裟でございます。親族の中では、わたくしは不出来なほうなので……。ただ、末の娘ということもあり、強く存在を認識されてはいませんでした。だからこそ陛下は、フィリス様のお傍に置かれたのだと思います。どこにでもいるメイドの一人……であれば、王城から消えたとしても違和感は持たれませんから」

皇族たちからすれば、ニアは数多くいるメイドの一人……のような扱いだったわけか。

王城と言えば、多くの侍従が居そうだもんな。

魔王城《うち》ですら、モンスターメイドたちがうようよしてたわけだし。

「何にしても……本当に良かった。すごく驚いたけど、お母様も弟も元気でいてくれたなら、それだけでボクは嬉しい」

それだけで……と、フィーは言うが。

「なぁ、フィー。母親と弟に会いたいんじゃないのか？　居場所がわかっているなら、直ぐにでも……」

「会いたいよ。できることなら直ぐにでも会いたい。言葉だけじゃなく、お母様のご無事をこの目で確認したい。まだ顔を見たことのない弟に会って、キミのお姉ちゃんだぞって伝えたい」

フィーの心は間違いなく揺れている。

自分の気持ちを必死で抑えているのだろう。

なら、俺はフィーの想いを叶えてやりたい。

「だったら、行こう！　どんなに遠かろうと、俺がお前を連れて行く！」

だが、強く望んでいる事のはずなのに、フィーは左右に首を振る。

「ありがとう、エクス。でも……もしボクがそんな我儘を通せば、お父様のしてくださったことが無駄になってしまう。お母様や弟に危険が及んでしまう可能性だってある」

「エクスさん、わたくしもフィリス様の考えに賛成です。居場所を教えることは構いません。ですが……お会いになるのはやめるべきです……」

二人が心配する気持ちはわかる。

だが、

「誰にも気付かれなければいいんだろ？」

「そ、それはそうだけど……」

「なら大丈夫だ！」

全く問題ない。

「え、エクスさん、一体、何を根拠に？」

「根拠は……そうだな。今の状況かな」

「今……？」

俺は左から右に手を動かす。

周囲を見てみろという合図だ。

俺、フィー、ニア——三人以外誰もおらず、雑踏の音すらも聞こえない世界。

その瞬間——フィーの顔がぱっと輝いた。

※

「ここ、だよな……？」

「うん。ニアの説明通りならここだと思う」

重力制御《グラビティ》を使い、山頂にある小さな村に辿り着いた。

ここに来たのは俺とフィーだけだ。

ニアは一足先に学園に戻っている。

もしかしたら、フィーに気を遣ったのかもしれない。

「のどかな村だな」

「うん……住民が少ないんだろうね」

町中を歩いていても、俺とフィーの姿に気付く者はいない。

気配消しの魔法を掛け、存在感を消し去っている為だ。

考えてみれば、もうフィーが母親と別れて八年も経っているんだよな。

フィーは母親のことがわかるのだろうか？

うちのルティスみたいに、どれだけ時間が経っても同じ姿とかなら、間違えようもないけど……。

「……フィー？」

ふと、フィーが足を止めた。

その視線は一点を見つめる。

向かう先には、薄紅色の髪の女性がいた。

そして、俺でも直ぐに理解できた。

「お母様……」

あの女性がフィーの母親――ティア皇妃であることを。

親子というのはやはり似るものなのだろう。

髪の色だけじゃない、雰囲気も似ていた。

凜々しく気品があり……そして、笑った表情が何よりそっくりで……。

「レヴァン、そんな慌てないの」

フィーの母が笑顔を向けた先に、一人の少年がいた。

まだ幼い――だが、その切れ長の瞳が、どこかフィーに似ている。

元気の有り余った、やんちゃそうな少年だ。

「……ボクの弟……レヴァンって名前なんだ」

温かい笑みを浮かべるフィー。

でも、その場から彼女は動こうとはしない。

「行かないのか？」

「……二人の元気な姿を見られただけで、満足しちゃった」

間違いなく安堵はあったのだろう。

だが、満足……というのは違う。

「いいのか？　魔法を使えば、誰にも気付かれず二人と話すことができるんだぞ？」

「お母様だけならともかく、レヴァンはまだ子供だから。もしかしたら、ボクと会ったことを誰かに話してしまうかもしれない。あの子はあんなにも小さいんだもん……」

それで、二人が危険に晒される可能性は低いだろう。

だが、万が一の可能性だとしても、フィーはリスクを残したくないようだ。

たとえそれが、愛する母と弟に会わないという選択になったとしても。

「エクス、ボクはもう決めたから」

フィーの心に迷いはない。

二人を見つめる彼女の横顔は、美しく、カッコ良く、気高くすら見えた。

「……レヴァン——もっと大きくなれよ、強くなれよ、辛いことがあったって負けない子になるんだよ」

その言葉は届いてはいない。

フィーにだってそれはわかっている。

でも、それでも、

「——お母様を、よろしくね」

口にしたくなるくらいの想いがあったっていい。

言葉は届かなくても、言葉にする想いだけは届くかもしれない。

そんな奇跡が起こるかもしれない。

だから俺は——心の中で祈った。

どうかフィーのこの想いだけは——二人の心に届きますようにと。

「……——？」

その時、風が吹いた。

優しく温かい風が——まるでフィーの想いを伝えるように。

フィーの母は、風で揺れる薄紅色の髪を押さえた。

そして、何かを感じたのかこちらに振り向く。

「……お母様？」

目が合った気がした。

でも、それは本当に一瞬で、

「……おかあさん、どうしたの？」

唐突に踵を返した母の服を、レヴァンが引っ張る。

「……懐かしい声が聞こえた気がしたの」

「こえ……？」

「……ええ。大切な、とても大切な……」

ティアは、思い出したのかもしれない。

いや、きっとこれまで、フィーを忘れた事なんてないのだろう。

「おかあさん？」

「……ごめんね。さ、行きましょう」

寂しそうに笑うと、フィーの母は大切な守るべき一人の少年に手を伸ばした。

少年は嬉しそうにその手を取る。

そして二人は手を繋ぎ歩いて行く。

「……届いた、のかな？」

フィーの顔に戸惑いの色が見えた。

でも、奇跡は起こった。

「ああ、きっと届いた」

少なくとも俺はそう信じてる。

「……そっか。うん、そうだったらいいな」

フィーは柔らかな笑みで二人の背中を見送る。

それは小さな奇跡だったけれど、俺たちの心に温かい想いを残してくれたのだった。

エピローグ　これからの二人――そして、物語は続いていく。

帰宅した俺たちはベッドに座って寄り添っていた。

「エ～クス！」

唐突に、フィーが俺を抱きしめてくる。

「どうしたんだ？」

「理由がなくちゃ……抱きしめちゃダメ？」

上目遣いを向けられて、胸がキュンとしてしまう。

愛おしさが溢れて止まらなくなってくる。

答えを口にする代わりに、俺もフィーを抱きしめた。

そして互いに見つめ合った後……。

「……エクス、今日はありがとう」

皇女様《プリンセス》が、感謝の言葉を口にする。

「キミにしてもらったことを考えたら、言葉だけじゃ足りないだろうけど……」

「俺は別に大したことはしてない。ただ、大切な女の子の為にできることをしただけだ」

「っ……そんなこと言われたら……ボク、キミがいなくちゃダメになっちゃう」

フィーは頬を紅色に染める。

瞳は熱っぽくなり、表情はとても煽情的だった。

「エクスに会ってから、毎日が幸せでいっぱいなんだ。キミにはいっぱい、色々なものを貰っているのに……ボクはまだ、何もしてあげられてない」

「そんなことない。フィーが傍にいてくれるだけで俺は幸せだ」

より強く抱きしめ合いながら、俺たちはもう一度お互いに見つめ合う。

心の中にあるのはフィーが好きだという気持ち。

多分、フィーも同じ気持ちを感じていてくれていると思う。

王家の指輪は輝きを失い、今は彼女の心が俺に届いているわけじゃない。

だけど、そんな確信はあった。

「でもボク……やっぱりエクスにお礼をしたい。何かしてほしいことはない？」

「してほしいことか……」

直ぐには思い浮かばない。

今はこうして二人で過ごす時間を大切にできれば、それだけで満足だった。

「ボク……キミになら、なんだってしてあげたい」

「な、なんでも……？」

「うん。エクスがしたいことを、ボクにして」

「っ!?」

ドキッ——と、鼓動が跳ね上がった。

フィーの言葉がどういう意味なのか、俺は理解していた。

真っ赤に染まった皇女様《プリンセス》の表情が、たまらなく愛おしくなる。

俺の言葉を待たずに、フィーは潤んだ瞳を閉じた。

「……フィー」

引き寄せられるように、俺は彼女の唇を求め——そのままベッドに押し倒していた。

「んっ……エクス……」

ちゅ……ちゅぱっ……。

舌を絡めながら、フィーの唇を吸う。

「フィー、好きだ」

「うん、ボクも……エクスが好き、大好き」

互いを求め、愛情を確かめ合うように優しくキスをする。

フィーを大切にしたいという気持ちがどんどん強くなっていく。

「っ……はぁ……はぁ……」

長いキスを中断して唇を離すと、フィーの口から熱い吐息が漏れた。

「これで……終わりなの?」

「そ、それは……」

このままじゃ本当に、俺は止まれなくなってしまう。

そうしたらフィーを傷付けることになるんじゃ……。

「ならボクからお願い」

「え……？」

「ボクを……エクスのものにしてください」

「っ――」

その一言は俺の理性を奪い去るには十分だった。

俺はフィーを愛したい。

「フィー……俺は自分の一生を懸けてお前を守る。必ず幸せにしてみせる。――信じてくれるか？」

「もちろんだよ。ボクも生涯を掛けてエクスを愛し続けるから」

迷うことなく、フィーは俺の言葉に応じてくれた。

まるで結婚をする恋人のような誓いを立ててしまったけど――これは俺なりのケジメだった。

「エクス……きて」

「ああ」

手を握り合い、指先を絡め合う。

そして俺たちは再び、唇を重ね合った……その時だった。

――ガチャ。

扉の開く音が聞こえ、

「フィリス様、エクスさん、食事の準備が整い――ひゃあああああああっ!?」

直後のニアの絶叫。

どうやら部屋の鍵を掛け忘れていたようだ。

って、冷静に考えてる場合じゃねえ！

「もももも申し訳ありませんでしたああああああっ！」

――バターン！

気が動転しているのだろう。

ニアは扉を閉めて逃げるように飛び出して行く。

「……」

「……」

直後の静寂。

俺とフィーは思わず目を合わせていた。

そして、

「ははっ」

「ぷっ――あははっ」

二人同時に笑い合っていた。

「鍵……締め忘れちゃってたんだね。ニアには悪いことしちゃった……」

「……だな」

俺たちは互いに苦笑を交わした。

「エクス……その、どうする？」

「あ～……」

きっと俺が求めれば、フィーは拒絶したりはしない。

でも今は、そういう雰囲気ではないだろう。

「……またの機会……かな」

「わかった。……でもね、エクス」

「うん？」

俺が聞き返すと、フィーの唇が俺に近付き、

「ボクは、いつでもいいからね」

耳元で呟き、イタズラな笑みを浮かべる。

「っ……」

そんな可愛く大胆な皇女様《プリンセス》に、俺はたじたじだった。

多分それはこの先もずっと変わらない。

俺とフィーのハチャメチャでイチャイチャな日々は、これからも続いていくのだろう。

※

そこは見たこともないような世界だった。

何も存在しない。

いや、存在が許されない無の空間……とでも言えばいいのだろうか？

生きることを諦めるほどの恐怖が、この世界には充満している。

だが、そんな世界を飄々とした顔で闊歩《かっぽ》する【例外】が存在した。

それは精悍な顔立ちの男だ。

年齢は四十歳は超えているだろうか？

だが、その身体は衰えを知らず若々しい。

そして、不思議なほど人を惹き付ける雰囲気を持っていた。

「……お、やっと人間界に来たか」

唐突に立ち止まり呟く。

何かを感じ取ったのだろうか？

「少しばかり【ずれ】があるようだけど……問題ないかしら？」

その男の隣には妙齢の女性がいた。

一言で伝えるなら絶世の美女……だが、そんな安っぽい言葉で説明できないほどに、美しい女だ。

「そうみたいだな。だがまぁ、なんとかするしかないだろ？」

「ええ」

二人の会話の意味を理解できるものはこの場にはいない。

「……あいつは……いつ俺の下へ辿り着けるかな？」

「そもそも、辿り着けるの？」

「来るさ。俺の息子なんだからな」

「ふふっ……信頼しているのね。ならば私も信じましょう……あなたの息子──エクスくんの力を」

エクスが人間界に送還されたことで、運命は動き出した。

もう時間は止まらない──全ては終わりに向かい進んでいく。

だがどこの世界にも……運命に抗う者は存在しているのだ。

「さぁ、早く来い、ここまでな」

自らの息子に何か期待を寄せるように【勇者】は笑みを浮かべたのだった。

書き下ろし1　胸焼けするほど甘い日常

世界を救ってから数日。

俺とフィーは平穏な日常を過ごしていた。

「エクス、そろそろ学園に行くかい？」

ふにゅ――と柔らかい感触と共に、フィーの温もりを感じる。

「ああ、いつでも行けるぞ」

「じゃあ、行こうか」

そんなことを言うフィーだったが、俺から離れる気配がない。

「なぁ、フィー。このままだと歩きにくいんだが……」

「エクスは……ボクに抱きしめられるの、イヤ？」

「い、イヤじゃないが……」

耳元で囁《ささや》かれ、思い切り動揺してしまった。

フィーは魅力的な女の子だし、こんな風に迫られて実はずっとドキドキしている。

だが、

「……あまりのんびりしてると、遅刻するぞ？」

今日は平日。

学園で授業があるのだ。

俺は専属騎士《ガーディアン》として、フィーを遅刻させるわけにはいかない。

「ボク……もうちょっとキミとこうしていたいな。……ダメ？」

甘えるような口調で言われると、なんでも許してしまいそうだ。

「……なら、もう少しだけだぞ」

「うん！」

嬉しそうな返事の後、背中にポンという感触が伝わってきた。

どうやらフィーが額を当てたようだ。

「エクスの背中……大きいね」

「そうか？」

「うん。男の人って感じがする」

あまり意識したことはないが、女の子のフィーと比べたらそうかもしれない。

「ねぇ、エクス……少しかがんで」

言われるままに、俺は体勢を落とした。

一体、何をするつもりだろう？

そんなことを思っていると、

「カプッ」

「っ!?」

フィーに首筋を甘噛みされた。

あまりにも予想外で、ビクッと身体が震える。

「な、何を!?」

「キミがボクのものだぞ！　って証だよ」

「な、なななな……」

「そんな赤くならないでよ。お詫びにエクスもしていいからさ」

「そ、そんなこと、できるわけ……」

「ボクがキミのものだって証をつけて……」

「っ……」

甘く煽情的な言葉に耐えられず、俺は振り向いた。

そして、

「んっ……」

「今はこれで許してくれ」

フィーの唇に軽いキスをした。

「わかった……その代わり、もう一回して」

「ああ」

こんな調子で俺たちは、遅刻ギリギリまでベタベタして過ごしてしまうのだった。

※

「皆さん、席に着いてくださ〜い」

ケイナ先生がやってきて、一時間目の授業が始まった。

「教科書の二十三ページを開いてくださいね」

生徒たちの視線が、一斉に教卓に向く。

そんな中、

「エクス、エクス」

フィーが小声で俺を呼んだ。

「どうしたんだ？」

「ボク……教科書を忘れちゃったみたい」

「そっか。なら、一緒に見よう」

「ありがとう」

たったそれだけのことなのに、フィーは満面の花を咲かせた。

そんなフィーがあまりにも綺麗で、可愛くて、俺は目を奪われてしまう。

「エクス？　どうかしたの？」

「あ……す、すまん。教科書だよな」

フィーに見惚れていた……なんて素直に言えるわけもなく、俺は誤魔化すように席をくっ付けた。

そして教科書を真ん中に置いたのだが、

「もっと近付いたほうが見やすいよ」

肩がぶつかり合う距離まで、皇女様《プリンセス》が椅子を近付けてきた。

「ち、近付きすぎじゃないか？」

「そんなことないよ。このくらい普通さ。ほら、エクス。ちゃんと先生の話を聞く」

「あ、ああ」

警戒はしつつも、俺は教卓に目を向けた。

すると――

「……？」

皇女様《プリンセス》は俺の手を握ってきた。

そして――そのまま机の下に運ばれる。

俺たち二人が手を繋いでいることなど、誰も気付いていないだろう。

「このくらい、いいよね？」

フィーの頬は赤く染まっていた。

大胆なことをしてくる割に、うちの皇女様《プリンセス》は照れ屋だが……こんな可愛い顔を見せられたら断れない。

俺は彼女の想いに応えるように、手を握り返して指を絡めた。

頬が熱くなり、なんだか凄く恥ずかしいことをしている気がするが……俺たちは授業が終わるまでずっと手を繋いでいた。

※

そして昼休み……俺たちは食堂に向かった。

いつもはガウルたちもいるが、今日はたまたま二人きりだった。

「エクス、あ〜ん」

パンを口元に運ばれ、俺はそのままあ〜んさせられた。

「美味しいかい？」

「ああ」

「エクス、ボクにもして」

「え……」

「イヤかい……？」

「そ、そういうわけじゃないが……」

「なら、あ〜んさせて」

上目遣いのフィーに、俺の胸はキュンと締め付けられた。

うちの皇女様《プリンセス》はとても甘え上手だ。

「じゃあ……」

俺は小さくパンを千切る。

「あ……エクス、ハチミツを塗ってよ」

要望のままにパンにハチミツを塗った。

そして、フィーの口元に運ぶ。

「あ、あ～ん」

「あ～ん」

小さな口を開いて、プリンセスはパンをもぐもぐした。

「美味しいか？」

「うん……甘くて、とっても美味しい。エクス、また食べさせて」

「ああ」

再びパンを千切ってハチミツを塗る。

そして、フィーの口元に運んだ。

「もぐもぐ……ちょっと、大きい……」

千切ったパンが少し大きくて、食べにくかったようだ。

「ごめんな」

「ううん。でも、エクスが食べさせてくれると、いつもより美味しく感じちゃうな」

皇女様《プリンセス》は満足そうに微笑みを浮かべた。

「あ……フィー、口の周りにハチミツが付いちゃってるぞ?」

「エクスの指にも垂れちゃってる……」

言って、フィーは俺の手を取った。

そして、

「ペロッ」

「っ!?」

ハチミツの付いた俺の指を舐めた。

俺は唖然として、その光景を見つめてしまう。

フィーが舌を這わせて、丁寧に優しくハチミツを取っていく。

「ペロ、ペロッ」

「ふぃ、フィー、そんなことしなくていいから」

呆然としていた意識を取り戻して、慌てて手を引いた。

しかし、プリンセスは逃がしてはくれない。

「ダメだよ。ボクに食べさせようと汚れちゃったんだから、綺麗にさせて」

自分の責任だからと、フィーは再び俺の手を舐めた。

「んっ……ちゅっ、ちゅぱっ……」

指を咥《くわ》えながら、舌を這わせる。

正直、かなりくすぐったくて、指が動いてしまう。

「あっ……え、エクス、ダメだよ。あまり動かさないで」

フィーが口から指先を離した。

漏れた熱い吐息が、指先に触れる。

「ご、ごめん……」

苦しくなってしまったのか、彼女の瞳は潤んでいて、それがなぜか煽情的に見えてしまう。

って——何を考えてるんだ。

落ち着け、落ち着くんだエクス！

これは試練、試練なんだ！

そこからは目を瞑り、ガウルのことを考えることで辛い試練を切り抜けた。

「うん。これで綺麗になった」

「そ、そうか……。ありがとな」

俺の指に付着したハチミツを取り終えて、フィーは満足そうだった。

しかし、プリンセスの口元にはまだハチミツが付いている。

「フィー、今度は俺が取ってやるよ」

「本当？　でも、それだとキスしてるみたいになっちゃうね」

「え……？」

「ボクがしたみたいに、ペロッて舐めて取ってくれるんでしょ？　ちょっと恥ずかしいけど……エクスならイヤじゃないよ」

「……え、いや、やっぱり……自分でどうにかしてくれ」

「だ～め！　ボクはエクスにしてほしいの」

拗ねたような、甘えるような、そんな小悪魔的な表情を見せた。

そして、

「今……キスしたら、きっと……とても甘いんだろうね」

皇女様《プリンセス》の瞳がゆっくりと閉じた。

フィーのふっくらとした赤い唇にハチミツが付着している。

「……エクス、まだ？」

「わ、わかった……」

もう逃げ道が塞がれているのなら、覚悟を決めるしかない。

俺は唇を近付けて、フィーの口元を優しく舐める。

「んっ……」

「く、くすぐったかったか？」

「ううん。でも、ドキドキする」

言ってフィーは俺の腰に腕を回した。

そして身体を押し付けてくる。

「ちゅっ……」

気付けば俺たちは自然と抱きしめ合いながら、キスを交わしていた。

舌を絡め合いながら、唇を味わい続ける。

そして暫く情熱的な口付けを続けて……。

「っ……」

「んっ……ふふっ、ボクの言った通りだったでしょ？」

唇を離すと、フィーはイタズラっぽく笑った。

「え……？」

「とっても甘いキスになった」

皇女様《プリンセス》があまりにも魅惑的すぎて、俺はクラクラしてしまった。

※

昼休みを終えた後は……何事もなく午後の授業も終わりを迎えた。

いつもは真っ直ぐ寮に帰るのだが、

「ポカポカしていて気持ちいいね」

「そうだな。このまま眠ってしまいそうだ」

今日は学園の中庭でのんびり過ごしていた。

「膝枕してあげるよ」

「え……ひ、膝枕……」

思いがけないフィーの提案。

それは凄く魅力的だけど……外でするには照れくさい。

だが、

「エクス、周りを見て」

「うん？」

言われて周囲を確認する。

すると、辺りに甘い空気が蔓延しているのがわかった。

その原因は中庭にいる生徒たちにあった。

俺たちが言うのもなんだが……皆、かなりイチャイチャしている。

「中庭はカップルたちの人気スポットなんだ」

「そ、そうだったのか……」

カップルは俺たちも入れて数組。

それほど大人数ではないが、とても幸せそうだった。

「だから恥ずかしがる必要はないよ」

「だ、だが……」

「いいから」

優しく身体を引っ張られた。

そして、流れるままに俺は膝枕されてしまう。

視線の先に見えるのは、フィーの笑顔と青い空。

「どう？」

「……心地いいです」

なぜか敬語になってしまった。

「ふふっ、なら良かった。今日はボク、エクスをいっぱい癒しちゃうからね」

そう言って頭を撫でられた。

なんだか子供をあやすみたいだが……気持ちいいのでされるがままになってしまう。

「エクス……」

フィーに名前を呼ばれて、俺は顔を向けた。

「どうしたんだ？」

「……ごめん。やっぱりなんでもない」

そう言って、皇女様《プリンセス》がはにかむ。

「なんだ？　言いたいことがあるなら、なんでも言ってくれ」

「大したことじゃないから」

「それでもいい。フィーが言いたかったことを伝えてほしいんだ」

「……本当に大したことじゃなくて……」

前置きの後に、皇女様《プリンセス》は窺うような上目遣いを向ける。

そして、

「好きだよ……って、言おうとしただけ」

ドキッ——と、鼓動が強くなった。

「っ……て、照れさせないでくれ……」

想定外の発言に、俺は顔が熱くなるのを感じる。

「エクスが伝えてって言ったから……」

甘い雰囲気が強くなり、俺たちは互いに見つめ合った。

そして、俺はゆっくりと身体を起こす。

「……フィー」

「エクス……」

そして、引かれ合うように抱きしめ合った。

「もっと、ギュッてして」

「あまり強くすると、痛いだろ？」

「それでいいの。エクスをいっぱい感じさせて」

熱っぽい瞳を向けられて、俺の胸はドキッと跳ねた。

皇女様《プリンセス》があまりにも可愛くて、俺の腕に力が入る。

「……キミに抱きしめられてると、すごく安心できるんだ」

穏やかな表情を見せながら、フィーは優しい微笑を浮かべた。

こうして幸せな時間が過ぎていった。

※

寮に戻って夕食を終えた後……。

「エクス、ボクはこの後、ちょっとだけ用事があるから、先にお風呂に入っちゃって」

「用事？　何かあるなら付き合うぞ？」

「大丈夫。外に出るわけじゃないから」

「……そうか。なら先に入らせてもらうな」

「うん！」

ベッドから立ち上がり、俺は脱衣室に向かった。

さっさと服を脱いで浴室に入って、シャワーを浴びた。

「……はぁ」

思わず息が漏れる。

温かいお湯が心地よく、一日の疲れが癒されるようだった。

しかし……。

――ガラガラ。

それが俺を油断させた。

いつもなら気付かないはずがない。

微かな音を聞き逃してしまったのだ。

「隙あり！」

ふにゅっ――信じられないくらい気持ち良くて柔らかい二つの感触。

俺の頭の中に、今朝の出来事が蘇った。

「ふぃ、フィー!?」

「エクスってば、油断してたでしょ？　いつもならボクが入ってくる前に気付くのにね」

首を回して後ろを見ると、フィーがふふ～んと自慢気に笑っていた。

俺は不安に思いながら、少しだけ視線を下げる。

するとやはり、肌色が見えていた。

「ど、どうして服を着ていないんだ！」

「お風呂に入るんだから当然さ」

確かにそうだ。が、この状況は当然じゃない。

「い、今直ぐ出て行くんだ！」

「やだ！　エクスっていつも一緒に入ってくれないんだもん！　ボク、このチャンスを逃す気はないからね！」

そんなことを言って、胸部の凶器をぐいぐいと押し付けてきた。

柔らかな果実と二つの突起――服の上からでは感じられないそれに、全身が恐いぐらい熱くなっていく。

「た、頼むから直ぐに出て行ってくれ！」

「やだよ～。ボク、エクスの背中を流してあげたかったんだから」

「せ、背中を流すだけなら、こんなにくっ付く必要ないだろ？」

「これはエクスを逃がさない為だよ。ボクが手を離したら、一瞬でいなくなっちゃうんだもん！」

「に、逃げない！　逃げないから、少し離れてくれ！」

そうじゃないと俺は、今直ぐに理性が崩壊してしまいそうだった。

「本当？」

「本当だ」

「……なら約束だからね」

「ああ」

振り向くことはできないが、俺はその場で頷いて見せた。

するとフィーはゆっくり身体を離してくれる。

「……はぁ……」

ガチガチになっていた身体の力が抜けていく。

「ふふっ、エクス……緊張してたの？」

「今もしてる……できればこのまま浴室を出たいんだが……」

「ダメ。今日はエクスの背中を流すって決めてるの」

フィーの意志は固い。

なら、最低限の要求は受け入れるしかないだろう。

「……背中を流したら、出て行ってくれるか？」

「ボク、一緒にお風呂にも入りたいなぁ」

「……ダメだ」

「エクスのケチ……」

「ケチでいい。……それで、背中を流してくれるのか？」

「うん！　じゃあ、ちょっと待ってて！」

そう言って、フィーは何か準備を始めた。

振り向けないからわからないが、石鹸《せっけん》を泡立てるような音が聞こえる。

「ま、まだか？」

「もう少しで準備できるから……よし！　エクス、一度シャワーを止めて。泡が流れちゃうから」

フィーに言われて、俺は蛇口を捻った。

流れ出ていたお湯が止まる。

「じゃあ、行くよ！」

そして――ふにゅっ！　――ごしごし。

「っ!?　ちょ、ちょっと待ってくれ」

おかしな感覚が背中に走る。

手の平やタオルではない。

もっと柔らかな……。

「どうしたの？」

「な、なにで洗ってるんだ？」

「ボクの身体だよ」

「な、なあああああっ!?」

じゃ、じゃあ今、俺の身体を擦ったあの柔らかくてふわふわなのは……。

「エクスに喜んでほしかったんだけど……イヤ、だった？　ボクの胸じゃ気持ち良くない？」

フィーは不安そうに声を震わせた。

「ねぇ、エクス……ボク、女の子として魅力ないかな？」

「そ、そんなわけない」

その逆だ。

魅力があり過ぎる。

もし今、一目でもフィーを見てしまったら……俺は――。

「なら、どうしてさっきからボクを見てくれないの？」

「み、見られるわけないだろ？」

「ボクの身体なんて見たくないかな？　エクスはもっと、胸の大きな子のほうがいい？」

「違う!!」

浴室の中で声が響く。

自分でも驚くくらい、大きな声を上げてしまった。

そして振り向いて、フィーの肩を掴み碧い瞳を見つめる。

「フィーが可愛すぎて、魅力的すぎて、もし一目でも見たら……めちゃくちゃにしちゃいそうだから見れないんだ!!」

あ〜〜〜〜なにを言ってるんだ俺は!!

でも、この不安がりな皇女様《プリンセス》には、言葉にしなくちゃ伝わらない。

「じゃあ……エクスはボクを、ちゃんと女の子って思ってくれてる?」

「当たり前だ! フィーこそ俺が男だってわかってるのか!?」

「わかってるよ。だからエクスをいっぱい誘惑してるんだもん。なのに全然見向きもしてくれないから……ボク、自分に魅力がないのかもって、不安になっちゃって……」

こっちが必死に耐えてるっていうのに……なんでそんな勘違いをするんだ。

「言っておくけど、俺は今直ぐにだってフィーの全部がほしい!」

「ボクはエクスが求めてくれるなら、いつだって——」

「でも——大切にしたいからこそ、感情のままに行動したくないんだ」

俺は、どんな敵からもフィーを守れる自信はあるけど……まだまだ未熟者だ。

人間界のことはわからないことばかりだし、未だに無一文。

今の俺じゃきっと……フィーを幸せにはできない。

だから、

「フィーをあらゆる意味で生涯守っていける。そういう自信が持てたらその時は――」

俺は決意を込めてフィーを見つめる。

「……嬉しい。そんなにキミが、ボクのことを想ってくれてるなんて……」

言って、フィーは俺を優しく包み込んだ。

そして、唇ではなく頬にキスをして柔らかな微笑を浮かべる。

「エクス……ありがとう。あと……困らせちゃってごめんね……先に出てるから」

こうして、嵐は過ぎ去って行った。

※

浴室を出て部屋に戻ると、フィーがベッドで横になっているのが見えた。

可愛らしい寝息が聞こえる。

「寝ちゃったのか……?」

どうやら、疲れて眠ってしまったらしい。

ちょっと……一安心だ。

さっきのこともあって、フィーの顔を真っ直ぐに見られないかも……なんて、不安に思っていたからな。

「……ああいうことは……あまりしないでくれよな」

眠っているフィーに俺は小声で伝える。

「好きな子に、あんな風に迫られるのって辛いんだぞ？」

普段は言えないような、ちょっと愚痴っぽいことを言ってしまう。

「フィーみたいな可愛い子なら余計にな」

もしもフィーが起きていたら、こんな正直な気持ちを伝えるのはかなり照れくさい。

いや、さっきあれだけ恥ずかしいことを言っておいてなんだけど……それでも照れるものは照れるのだ。

だから今は、自分の気持ちを口にするいい機会だ。

当然、伝わらないだろうけど……。

「好きだよ、フィー。大好きだ」

安らかな表情で眠る皇女様《プリンセス》に、俺は素直な気持ちを伝えた。

「じゃあ、おやすみ」

ランプの明かりを落として、俺も布団に横たわる。

すると……一瞬で意識は落ちていった。

※

部屋が暗くなると……フィリスは堪え切れなくなったように、頬を緩める。

（……～～～～～～～～！）

フィリスは心の中で変な叫び声を上げて、ベッドの中でふるふると震えた。

実は彼女、しっかりと起きていたのだ。

浴室での出来事の後、冷静になるとあまりにも大胆なことをしたと気付いてしまい……焦った皇女様《プリンセス》は寝たふりをしていた。

そのお陰もあり、エクスの恥ずかしいセリフをしっかりと聞いてしまったというわけだ。

（……幸せだなぁ）

彼女にとってはとんでもないご褒美になっていた。

エクスを起こさないように、フィリスはゆっくりと身体を起こす。

すると安らかな彼の寝顔が見えた。

それだけでフィリスは温かな気持ちでいっぱいになる。

「エクス……ボクも大好きだよ」

皇女様《プリンセス》は世界で一番大切な人に心からの想いを伝え……眠る彼の唇に優しく口付けをする。

そしてエクスの寝顔を見つめながら、フィリスは眠りに落ちていった。

明日の朝も、きっと明後日も……いやきっと永遠に――砂糖よりも、何より甘い二人の日常は続いていくのだろう。

余談ではあるが、後日――ベルセリア学園では胸焼け注意報なるものが生まれた。

それを生んだのは説明するまでもなく、皇女とその専属騎士《ガーディアン》の二人なのだが……彼ら自身がそれを知ることはないのだった。

書き下ろし2　エクスとルティス――二人の過去の物語

魔界の歴史上――最も偉大で、最も強く、最も美しいと称される魔族がいた。

その名はルティス。

この世界の頂点に君臨するロリ魔王である。

「あ～今日もハチミツが美味しいな～」

彼女は今、玉座で大好物のハチミツを舐めていた。

「わらわ幸せ～」

そして、にへら～。と、表情をだらしなく緩ませる。

本当に幸せそうな顔をする魔王様である。

が、可愛らしい幼女がおやつを食べているのは、なんとなく和む光景だ。

「ルティス様……いつも通りであれば、そろそろエクスくんが来る頃では？」

ハチミツをペロペロするルティスを見つめながら、臣下の一人であるナイスバディなお姉さん――サキュアが、そんなことを言った。

「もうそんな時間か……」

魔王様の頭に弟子の姿が浮かんだ。

瞬間——

「ルティス！」

バン——と猛烈な勢いで玉座に繋がる扉が開く。

その視界の先には、一人の少年が立っていた。

彼の名前はエクス。

ちなみにこの時、まだ五歳だ。

「きょうこそ、おまえをたおしてやる!!」

まるで魔王に挑む勇者の如く、幼児が勇ましいセリフを吐く。

「あ、そう」

「なぁっ!?　で、できないとおもってるんだろ！」

全く相手にされずショックを受けたのか、ふるふる震えて涙目になる。

そんな彼を、魔王の臣下たちは微笑ましそうに眺めていた。

「今のお主には負けることはないだろうな。わらわは魔界最強の魔王なのだぞ！」

「ぐぬぬ！　そんなことといってられるのも、いまのうちだぞ！」

「ほう……何か秘策があるか？」

余裕を見せつつも、ルティスは楽しそうに微笑む。

「ああ！　あたらしくマホウをおぼえたからな！」

「ふむ。ならば見せてみよ！」

「いくぞ〜〜〜！」

少年エクスは両腕を掲げた。

「マカイのみんな〜〜〜おれにヨクボウをわけてくれ〜〜〜！」

「なっ!?　この魔法は!?」

サキュアは驚愕し目を見開く。

今、エクスが使おうとしているのは魔界玉という最上級魔法の一つだ。

天才的な魔法センスのある魔族が、百年修行を積むことでようやく覚えることができると言われている。

「よ〜し、ヨクボウがみなぎってくるぞ〜！」

それをたった五歳の少年が使えるわけがない。

絶対に失敗に終わる。

サキュアだけでなく、この場にいる臣下全員がそう思っていた。

「えっと……このくらいでいいかな？」

しかし、エクスの両手に強力なエネルギーが集まっていく。

そのエネルギーは塊となり丸くて大きな球体に変わった。

魔界玉は魔界中の欲望を集めてそれを力に変える為、使い手次第では無限に威力を強化することができるのだ。

「ルティス、かくご〜〜〜〜〜〜〜!!」

そこそこ球体が大きくなったところで、エクスは魔界玉をぶん投げた。

まともに喰らえば最上級魔族も致命傷を受けかねない一撃に、ルティスの傍にいた臣下たちは身構える。

そんな中、玉座に鎮座する魔王様は微動だにせず、

「ほれ」

飛んでくる魔界玉にデコピンをした。

瞬間――パン！　と、まるでシャボン玉が弾けるような小さな音と共に、魔界玉が霧散する。

「えっ!?」

今度はエクスが驚愕する番だった。

「エクスよ。魔界玉を使いこなすとは、わらわもびっくりしたぞ！」

感心するルティス。

そんな彼女を見て、弟子である少年は表情を輝かせた。

「ほ、ほんとか!?　このままえルティスにおそわってから、ガンバってトックンしてたんだ！」

育ての親に褒められて、エクスは嬉しそうに微笑む。

しかし、

「だがなエクスよ。その魔法なら、わらわは四歳で使えたぞ?」

エクスを挑発するように、魔王様はニヤリと笑った。

「んなあああああっ!?」

「それにエネルギーを溜めている間、隙だらけだったではないか！　その時に攻撃を受けたらどうするのだ？」

「そ、それは……」

魔界玉は強力な魔法だが、エネルギーを集めている時は完全に隙だらけなのである。

もし途中で攻撃を受ければ集めていた力も消えてしまう為、使い勝手が悪いのが欠点だ。

「もっと精進するのだな。さて、エクスよ。次はわらわの番だぞ」

「え……？」

少年が小さな呟きを漏らした時には、彼の視界からルティスは消えて、

「デコピン」

気付けばエクスの目前に立ち彼の額にデコピンを放った。

——ボゴン。

重たい音が魔王城に響き、少年はぶっ飛んでいく。

「ぬわあああああああああああああああああっ!?」

城内の壁を何枚も貫いたところで、彼の身体は重力を取り戻して地面に倒れ伏した。

「あぅ……」

「ふふ〜ん、わらわの勝ち〜〜〜〜〜！」

少年相手にVサインで勝ち誇るルティス。

見た目はただのちんまい金髪ロリだが、その所業はまさに魔王である。

「エクスくん、大丈夫ですか？」

心配そうに声を掛けながら、サキュアが少年の下へ駆けて行く。

すると、

「い、いって〜〜〜〜……」

エクスはおデコを押さえながら、立ち上がった。

痛みと悔しさからか、涙目になっているがほぼダメージはないようだ。

「つ、つぎは……まけないからな！」

負けん気の強いエクスを見て、ルティスは楽しそうに笑う。

彼女なりに自分の弟子の成長を喜んでいるのだろう。

「うむ。いつでも、かかってくるがよい！　と言いたいところだが——少し休戦するとしよう。魔界玉を使えるようになったご褒美に、ハチミツをわけてやるぞ。甘くて美味しいのが手に入ったからな」

その発言に、臣下たちの間で激震が走った。

「「る、ルティス様が——ハチミツを!?」」

このロリ魔王が大好物のハチミツをあげることなど滅多にないのだ。

「あれで……エクスくんを可愛がっているのですよ……」

美味しそうにハチミツを舐める二人の姿を、サキュアたちは微笑ましそうに見守っていた。

※

そして次の日。

魔王城の一室で、二人は朝食を食べていた。

「なぁなぁ、ルティス」

「どうしたのだ？　ハチミツならやらぬぞ」

「ちがうよ！」

魔王様は何を聞かれるのか想像が付いていた。

何せここ数日、同じことばかり聞かれているからだ。

「おれはいつ、ルティスみたいなツノがはえるんだ？」

「角？」

この時、ルティスは思った。

いや、生えてくるわけないじゃん……と。

エクスは人間なのだ。

（……って、待てよ。そういえばわらわ、エクスが魔族じゃないって伝えたっけ？）

この少年を育てて五年もの歳月が過ぎたが、今更になってそんな疑問を持つ魔王様である。

（……教えとくべきだろうか？）

ルティスは考える。

自分を魔族だと信じているこの少年に事実を話したら、ショックを受けるんじゃないだろうか？

それに、近所の悪ガキどもに人間だと知られたら、エクスはイジメられてしまうかもしれない。

（……まだ伝えなくていいか）

魔王様は結論を出した。

「……成長して強くなれば生えてくるぞ」

「そっか～……はやく、はえてこないかな～」

エクスは人間だから、角が生えることはないのだが、めちゃくちゃ期待してしまった。

そんなエクスを見て、やべ……と思いつつ、

「……お主は、なぜ角がほしいんだ？」

ルティスはそんな疑問を持った。

「だって、ルティスみたいなツノがあったらカッコいいじゃん！」

少年的な発想である。

そんな弟子の言葉にルティスは頬を緩ませた。

「わらわの角はカッコいいか？」

「すげーカッコいいよ！　マオウっぽい！」

「そ、そうか……。うむ、お主はいい子だな！」

弟子の言葉にルティスは照れる。

それを誤魔化すように、ナデナデ……と、魔王様はエクスの頭を撫でた。

「ぬわっ……こ、こどもあつかいするな！」

「わらわからしたら、お主などガキもガキ――超ガキだぞ！」

「ちょ、ちょうガキ!?」

ガビーン……という擬音が聞こえそうなくらい、エクスはガキ扱いされてショックを受けていた。

「お、おれ、はやくオトナになりたいのに！」

「大人に？　……角がほしいからか？」

「そ、それもあるけど……」

歯に衣着せぬエクスが、戸惑うように口を閉じる。

何か言い辛いことがあるのだろうか。

「隠し事か？」

「そ、そういうわけじゃない！　お、おとなになれば、つよくなれるだろ？」

「ただ歳を取るだけではダメだぞ。ちゃんと努力を続けなければ、成長はできぬのだ」

「してるぞ！　……おれはマオウになりたいからな！」

「魔王に？」

この時、ルティスは初めてエクスの目標を知った。

「うん！　それで、いつかルティスよりつよくなって――」

エクスが何かを言い掛けた――その時だった。

ギギィ……と重そうな音を立てて扉が開く。

「ルティス様、お時間です」

やって来たのはサキュアだった。

彼女はルティスが最も信頼を置く臣下で、身の回りの管理を任せている。

魔王様にとっては秘書のような存在だった。

「む……そうか。今日は魔族会議があるんだったな。エクスよ、話はまたあとでだ」

「わかった……しごと、がんばれよ！」

「うむ！　行ってくるな」

聞き分けのいい弟子の頭をもしゃもしゃ撫でて、ルティスは部屋を出て行くのだった。

※

それからルティスは会議に出席した。

各地方の上級魔族が集まり魔界の政策方針を決めていく。

国の運営がここで決定する為、割と重要な話し合いになるのだが……人間界と違い、魔界の会議はそれほど面倒事にはならない。

なぜならば……揉めた場合は基本的に実力行使で全てが決まるからだ。

まぁ、魔族たちにもある程度の力の序列はある為、アホみたいな喧嘩になることはそうそうないし、基本的には多数決で話し合いは進んでいった。

「では本日、最後の議題になります。――反抗勢力が現れたようです」

議長を務めるサキュアの声に、魔族たちの視線が一斉に向く。

「なんだと!?　ルティス様に歯向かう者が現れたのか!?」

「はい。昨夜入ってきた情報です。ディアブロという名の魔族が中心となり反乱軍を立ち上げようとしていると……」

「魔族の至高たるルティス様に、なんと嘆かわしい……」

「どうせ十人も集まらないでしょう」

魔王ルティスは、魔界全土で圧倒的なカリスマを誇っている。

見た目の可愛らしさからは想像できない圧倒的な強さ――そして、誰にでも分け隔てなく接する裏表のなさや、大胆不敵な豪胆さなど。

語り切れないほど魅力的な魔王様は、国民からも不動の人気を誇っている。

が……そんな彼女が統治する魔界でも、極稀に敵対する者が現れるのだ。

「……ルティス様、鎮圧は私にお任せください！」

「いや、俺がやる！」

「どうか、その栄誉ある役目をわたくしに！」

一斉に魔族たちが声を上げた。

皆、ルティスが大好きなので、良いところを見せようと必死だった。

「う〜む……」
ルティスは考える。
魔族会議の参加者は皆、実力者揃いだ。
誰に任せても反乱分子の鎮圧など一瞬で済むだろう。
余談ではあるが、最上級魔族が十人もいればいつでも人間界を滅ぼせる。
単純な戦闘能力は人間と魔族では雲泥の差があるのだ。
どのくらいかと言うと――

勇者≧魔王＞＞＞＞＞＞＞超えられない壁＞最上級魔族＞＞＞上級魔族≧円卓の騎士《ナイトオブラウンズ》＞中級魔族＞＞＞一般魔族＞ドラゴン＞＞王都の騎士団員＞＞騎士生徒

単純な実力差はこんな感じである。
魔王ルティスと互角以上にやり合える勇者は、人間の中では例外中の例外だった。
閑話休題。
「ルティス様、ご決断を！」
答えを求めるサキュア。
すると魔王様に視線が集まる。
皆、自分に任せてほしい……と訴えかけている。

「被害を受けた者はいるのか？」

「……いえ。現時点ではおりません。しかし反乱の芽は摘んでおいたほうがいいかと」

「ならば、今からわらわが出向いてみよう」

「ルティス様が直接ですか？」

「うむ。その方が話も早かろう」

些細な揉め事など末端に任せておくもの……という考えは、ルティスにはない。

上に立つものが率先して行動する。

それが魔王としての彼女の在り方だった。

「……ルティス様が手を下す必要などないと思いますが……」

「もう決めた！　善は急げだ」

魔王様は断言した。

異議を唱えるものもおらず、本日の魔族会議は終わりを告げたのだった。

※

サキュアに留守を頼み、ルティスは魔王城を出た。

目的地は城下町の南にあるザント村だ。

そこがディアブロの住処になっているらしい。

「――重力制御《グラビティ》」

魔法を使ってルティスは空を飛んだ。

そして、空から城下町の景色を眺める。

「うむ。今日も平和だな」

魔王様は五感が一般魔族の数万倍高いので、空の上からでも民の姿や声がしっかりと確認できているのだ。

その光景に満足して、ルティスはザント村に向かおうとすると、

「今日もお前はツノがないんだな！」

「ツノなしエクスだ！」

「や～いや～い、ツノなしエクス！」

子供たちの声が聞こえた。

その方向に目を向けると、エクスと三人の子供たちの姿を発見した。

気になったルティスは、地上に降りて彼らの様子を窺う。

「おれのツノは、これからはえるんだ！」

ちょっぴり悲しそうに、エクスは言い返した。

「おまえ、しらねえのかよ！　マゾクはうまれてなんにちかでツノがはえるんだぞ！」

「とうちゃんとかあちゃんが、そういってたもんな！」

「ツノがないヤツはびょうきだっていってたぞ！　りっぱなマゾクにはなれないって！」

どうやら少年たちは、ツノのないエクスを劣った存在だと思っているようだ。

子供というのは純粋で可愛らしいが、だからこそ恐ろしい。

自分たちと違う……ということは、十分なイジメの理由になってしまうのだ。

「びょうきじゃない！　おれはゲンキだ！　それにルティスがいってたもん！　せいちょうしたら、ツノがはえるって！」

今朝、間違いなくルティスが言ったことだ。

彼女なりに考えた上での発言だったが……これは逆効果だったかもしれない。

エクスは、ルティスの言葉を疑ったりはしない。

根が素直なのもあるが、彼にとってルティスは親も同然の存在だからだ。

だからきっと、エクスは信じている。

自分にもいつか、立派な角が生えると。

「え～マオウさまが？」

「うっそだ～！」

「エクスはウソつきだ！」

ルティスは腹が立ってきた。

子供のする事ではあるが、ルティスはイジメとか差別は大嫌いだった。

何より自分のせいで、エクスが嘘吐き呼ばわりされている。

（……って、マズいのではないか!?）

エクスは五歳とは思えぬ戦闘能力を有しているが、心はまだまだ未熟だ。

あまりに挑発されると、怒って子供たちをぶっ飛ばしてしまうんじゃないだろうか？

魔王様がそんな心配をしていると、エクスは踵を返した。

「みんな、ツノなしがにげるぞ！」

「ウソつきがにげるぞ！」

何を言われても怒る気配はない。

そんなエクスの姿を見て、ルティスは本気で感心した。

同時に、師匠として伝えていた言葉を思い出す。

『いいか、エクスよ。心の強さを学べ』

『どうしてだ？』

『心が弱い者は間違ったことに力を使ってしまうからだ。真の強者は力を完璧に制御できる。そして、必要ない力は振るわないものだ』

『そうなのか！』

『うむ！　だからエクスもそんな強い男になるのだぞ！　わらわとの約束だ！』

そしてルティスとエクスは指切りした。

二人がしている約束の一つだ。

（……ちゃんと成長しているのだな）

過去の出来事を思い出して感慨深くなる魔王様。

胸には温かい気持ちが芽生えていた。

（……これなら、わらわが手を差し出すまでもないか）

と、ルティスは様子を窺う。

だが、

「それとも、マオウさまがウソつきなのか！」

ピタ……と、エクスは足を止めた。

どうしたのだろうか？

ルティスが疑問を感じた。

次の瞬間――

「ルティスをバカにするな～～～～～!!」

エクスが激怒した。

自分のことを馬鹿にされても大して相手にしなかった少年が、ルティスの悪口にいかりを発露させたのだ。

（――い、いかん!?）

本気で喧嘩になれば、少年たちがエクスに敵うわけがない。

ルティスは慌てて止めに入った。

それはもう誰も視認できぬほどの超スピードで、エクスの前に立つ。

「落ち着け、エクスよ」

「ルティス!?」

突然現れたルティスを見て、少年たちは目を丸めた。

「げっ!?」

「ま、マオウさま!?」

「いつのまに!?」

彼らにはルティスの動きが見えていなかったのだろう。

「お主らの暴言、聞いていたぞ」

「ち、ちがうんだよ、このツノなしがウソばっかりいって――」

「デコ・ピン」

問答無用と、ルティスは子供たちに、目にも留まらぬデコピン三連発をお見舞いしていた。

「あうっ!?」

「ぎゃん!?」

「うぎゃっ!?」

普段、エクスに喰らわせる百分の一にも満たない力だったが、三人ともおデコを押さえて涙目になっていた。

「ツノがあるくせに、お主らは弱いな。エクスならこの程度では泣きもしないぞ」

「う、ウソだろ、ツノなしのくせ――」

「もう一度、喰らうか?」

親指で人差し指を抑えて、ルティスは力を溜める。

「あうっ!?　ご、ごめんなさい！　マオウさま！」

「わらわではなく、エクスに謝るのだ」

「で、でも……」

「言い訳はいらぬ。次にわらわの弟子をバカにするようなことを言ったら……この十倍の強さのデコ・ピンを喰らわせるぞ？」

「ええ!?」

「ひ、ひでぇよ！」

「エクス、ごめんよ～！　ゆるしてくれよ～！」

ルティスに怒られ、三人は泣きそうな顔で必死に謝った。

「きにしてないから、そんなになくな」

「え、エクス～～～！」

「おまえ、いいやつだな」

「ありがとな～！」

謝罪を受け入れてくれたエクスに対して、悪ガキたちは態度をすっかりと改めていた。

そんな彼らを見た魔王様は、

「よし、じゃあこれで仲直りな。ほら、飴玉やるからもう泣くな」

一人一人に飴を渡した。

口に入れて舐めると、泣いていた三人の顔に笑顔が戻る。

「いいかお主ら……少し違うくらいでイジメや差別はいかん。自分がされたらイヤなことをしてはいかんのだ」

それから暫くの間、ルティスの道徳の授業は続いた。

何度か話がループしたものの要するに彼女が言いたいのは『みんな仲良くしましょう』ということだった。

「わかったか？」

「「「は〜い！」」」

しっかりと頷いて、少年たちはこの場を去って行った。

そして、この場に残ったのは魔王様とその弟子だけになったのだが……。

「……」

エクスは不満そうにむすっとして、ルティスを見た。

「なんだ？　わらわに言いたいことがあるのか？」

「……どうしてここにいたんだ？」

どうやら彼は、ルティスに助けられたことが少々不満らしい。

自分一人でも大丈夫だったのに……と、そんな想いが表情から伝わってくるようだった。

「出掛けるところだったのだが、たまたまお主たちの声が聞こえてな……。ツノがないことで、イジメられていたのか？」

「……あんなの、きにしてもいないぞ」

「そうか」

強がる弟子の姿を見て、ぐしゃぐしゃ……と、魔王様は頭を撫でた。

「偉いぞ。わらわとの約束を守ったのだな」

「うん！　おれ、ルティスとヤクソクしたガマンした！　……あ!?　でもさっき、とちゅうでおこっちゃった」

約束を破ってしまったことを後悔しているのか、エクスは表情を暗くする。

だが、どうしてエクスが怒ったのか。

ルティスにはしっかりとわかっていた。

「わらわの為に怒ってくれたのだろ？　だからあれはノーカンだ！」

「……いいのか？」

「うむ。だが、あの程度のことで我を失ってはダメだ。さっきのお主は力の制御を忘れていただろ？」

そのまま相手を殴っていたら、怪我では済まなかったかもしれない。

強者であるからこそ、しっかりと力の制御ができるようにならなければいけないのだ。

「で、でも……ルティスがバカにされるのはイヤだったんだ……。これって、へんか？」

「……変ではないぞ。親しい者の為に怒れるのはお主が優しい証拠だ」

「そう、なんだ……。じゃあ、ルティスもやさしいんだな！」

「ん？　なぜだ？」

「さっき、おれのためにおこってくれたろ！」

ルティスは言われて気付いた。

弟子であるエクスを馬鹿にされて、ルティスは確かに怒っていた。

子供の喧嘩には普段、手を出さないようにしているのだが……。

「まぁ……お主はわらわの弟子で……家族も同然だからな。家族を守るのは当然のことだ」

血の繋がりはない。

だが……それでもルティスは、エクスのことを家族だと思っている。

「なら、おれもいつか……ルティスをまもれるくらい、つよくなりたい」

「わらわを……？」

「うん！　ルティスはつよいから、いつもおれをまもってくれる。だけど……そんなルティスはだれもまもってくれないだろ！」

「それは当然だ。わらわは魔界最強の魔王だぞ？　わらわは傷付かぬ。小馬鹿にされたくらいでは泣かぬし、怒らぬ！　お主の師匠は強いのだぞ！　だから心配するな」

魔王様はまた、弟子の頭をくしゃくしゃ撫でる。

「……ルティスはすごいんだな」

師匠を見つめるエクスの瞳は、眩しいくらいにキラキラしている。

「でも……やっぱりおれはルティスをまもりたい！　だからおれ、もっとつよくなるよ！」

「エクス……」

「そして、マオウになる！　ルティスよりもつよくならなくちゃ、まもれないから！」

この時、ルティスはちょっとだけ胸がキュンとなった。

守るなんて言われたのは、生まれて初めてだったのだ。

「全く……子供の癖に生意気を言いおって」

「いまはこどもだけど、それでもおれはマオウのでしだもん！　いつかししょうより、つよくなるよ！」

「……全く……口の減らないところは、誰に似たのか……」

ここに臣下たちがいたのなら、『あなたです、魔王様』と声を揃えて言ったことだろう。

「だが、確かにお主は魔界最強であるわらわの唯一の弟子だからな」

必ずしも弟子が師匠を超えられるとは限らない。

だけど、

「その日が来るのを楽しみに待っているぞ」

もしかしたらそれは――近い未来に訪れるかもしれない。

そんな予感がする魔王様なのだった。

「わらわを超えたいなら、直ぐに城に戻って特訓をせねばな！」

「うん！　サキュアにトックン、てつだってもらう！」

「それがいい。わらわも仕事が終わったら修行を付けてやるからな」

「わかった！　ルティス、おしごとがんばれよ！」

「うむ！」

走り去るエクスの背中を見送った後、ルティスはザント村に向かったのだった。

※

「それで、ディアブロよ。反乱を起こす気はなくならぬか？」

「なくなるかよ！　そもそも魔王一人でのこのこアジトに乗り込んで来てくれたんだ！　こんなチャンスを逃せるか！」

ザント村の住民たちからの情報を手掛かりに、ルティスはディアブロのアジトを見つけた。

そして反乱など止めるように説得していたのだが……。

「つまりどうしてもやると？」

「おうよ！　テメェを倒して、オレ様が魔王になってやる！」

「そうか……。ならば仕方ないな」

次の瞬間——闇が辺りを包み込んだ。

「へ……」

唖然とするディアブロ。

そして魔王様は反乱者に向かって高速移動して、

「――魔獄殺《まごくさつ》」

――ボコボコボコボコボコボコ。

目にも留まらぬ数十連撃で、ディアブロはノックアウトされた。

こうして反乱の芽は摘まれた。

「……すまぬが、魔王の席は予約済みなのだ」

この日からルティスは、以前にも増して強くなったと言われるようになる。

その理由がまさか――彼女の愛弟子が関係しているなんて誰も思いもしない。

（……わらわを守るか。ふふっ、いっちょまえに男の子しおって）

弟子の言葉を思い出しながら帰路につくルティス。

幸せな気持ちに浸る彼女の口元には、優しい笑みがたたえられているのだった。

※

この日から十一年後。

十六歳になったエクスは、魔王継承戦でルティスに勝利して魔界最強へと至る。

だが――彼が魔王になるという目標が達成されることはなかった。

その辺りの詳しい経緯は既に語られた物語であるが、ここに至るまで彼が強くなれたのは、あの日の約束があったからに違いないだろう。

※

弟子を人間界に送還してから、魔王様は溜息を吐く回数が増えていた。

「ルティス様、寂しいのですか?」

玉座に座る憂鬱そうなルティスを見て、サキュアは尋ねた。

「ば、馬鹿者! あんな小僧いなくなってせいせいしておるわ!」

「私はエクスくんのことだとは、一言も口にしていませんよ?」

「!? ——ば、馬鹿者! わらわだって、エクスがいなくなって寂しいなんて言っとらんわ!」

真っ赤になるルティス。

「……近いうち、遊びに行ってみたらどうですか?」

「……まぁ、サキュアがそう言うのなら……別にエクスのことなどどうでもいいが……泣きべそかいてないか様子を見に行ってみてもいいぞ。べ、別にわらわが寂しいからじゃないからな!」

そんな言い訳をするルティスを、臣下たちは微笑ましそうに見守る。

この過保護な魔王様が人間界に行く日は、そう遠くないだろう。

「……はぁ……」

あとがき

皆様、はじめまして。もしくは、お久しぶりの方もいらっしゃいますでしょうか？

作者のスフレと申します。

この度は『魔王に育てられた勇者の息子の俺が、お姫様の専属騎士に任命されました。』をお読みいただきありがとうございます。

『小説家になろう』でＷＥＢ版から読んでますよ！　なんて方がいてくださったなら心底嬉しい限りです。

作者として書籍もＷＥＢ版も楽しんでいただけるように、様々な工夫をさせていただきました！

なので、ＷＥＢ版からの読者様にもきっと楽しんでいただける内容になったと思っております。

さて……この辺りで物語の内容に軽く触れさせていただきます。

スフレの場合は物語を描く時、最初に書きたいシーンを思い浮かべます。そして、そのシーンに至るまでの道のりを描くわけです。それで今回浮かんだのが、お姫様のピンチを颯爽と救う騎士の姿——ということで、今回は割と王道を行くストーリーになっています。何せお姫様を守る騎士の物語なのです。題材としては王道中の王道かと思います。そんな二人が学園を舞台に時には事件を解決したり、時にはラブコメ以上にイチャイチャしたり……イチャイチャしたり、イチャイチャする。……うん、気付けばイチャイチャ成分が強めになっていましたが、ちゃんとバトルシーンもあるのでご心配なく！　あとは読んでみて、物語を確かめてくださいね！

それでは謝辞に移らせていただこうと思います。

まず担当編集者のF様並びに、アース・スターノベル編集部の皆様——この物語を書籍化させていただく機会をいただきまして、本当にありがとうございます！　本が出るまでご尽力いただき感謝のかぎりです。

イラストを担当してくださった猫猫　猫先生。素敵でカッコ良く可愛いイラストをありがとうございます！　書籍化作業中、書けない時は先生のイラストを見て奮起しておりました。魅力的なキャラクターをありがとうございます！

そして、この本に関わっていただきました全ての方と、何よりこの物語を応援してくださっている読者の皆様に深い感謝を。こうして書籍版を出すことができるのは読者の皆様のお陰です！

書籍版はもちろんですが、今後も変わらずＷＥＢ版も応援していただければ嬉しく思います。

作者として、どちらも楽しんでいただけるよう頑張っていきますね！

それでは今回はこの辺りで。

次巻のあとがきで、また皆様にお会いできますように。

スフレ

ありがとうのっ♫

※ＱＲコードは掲載サイト「小説家になろう」の作品ページへリンクされています

新作のご案内

脇役艦長、参上！　～どうやら間に合ったようだな！～（著：漂月）

「人生の主役は自分」とはいうけど、自分が主役だとは思えない。
そんな脇役の我々の期待を背負って、一人の脇役が船出する！　脇役をなめるな、おいしいとこ全部持っていけ！

異世界に迷い込み、無敵の飛空艦シューティングスター号を手に入れたお人好しのサラリーマン。艦長として無敵の力を手に入れたのに、やることは誰かの人助けばかり。そんな艦長を慕う仲間は、ポンコツ人工知能と天才少女、あと渋いペンギン。
「頼れる戦友」「大逆転の救世主」「恐るべき強敵」……様々な英雄譚に現れ、名脇役として大活躍する艦長。

英雄たちが憧れる英雄、「エンヴィランの海賊騎士」が主役になる日は来るのだろうか？

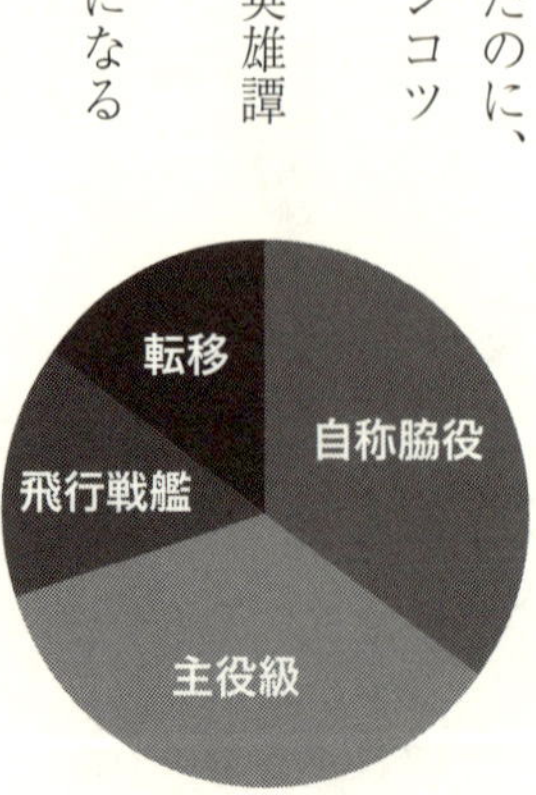

無職の英雄　～別にスキルなんか要らなかったんだが～（著：九頭七尾　イラスト：上田夢人）

『女神様からの祝福を受けて〝職業〟を与えられた少年、アレル。しかしそれは《無職》という何のスキルも習得できない最低の職業だった――』

10歳にして無能という烙印を押された少年。普通なら人生に絶望し、自暴自棄になってもおかしくないはず。なのに彼は悲嘆に暮れることもなく、こんなふうに考えました。

「別にスキルなんてなくとも、どうにかなるんじゃないか？」

楽観的というか何というか、とても10歳とは思えない泰然自若っぷり。そして、才能が無ければ努力すればいいじゃない、とばかりに彼は猛特訓に励み……気づいたらめちゃくちゃ強くなっちゃってました！

「なんで《無職》の貴様が《剣士》の私より強いんだ⁉」

「努力したからな」

「そんな一言で片づけられるか！」

努力の果てに、剣も、魔法も、魔物の調教も、ありとあらゆる分野で本職以上の存在になっていくアレル。果たしてこのままどこまで行ってしまうのか……作者にだって分かりません！

そんな彼が織り成す常識破りの英雄譚、どうぞご期待ください!!

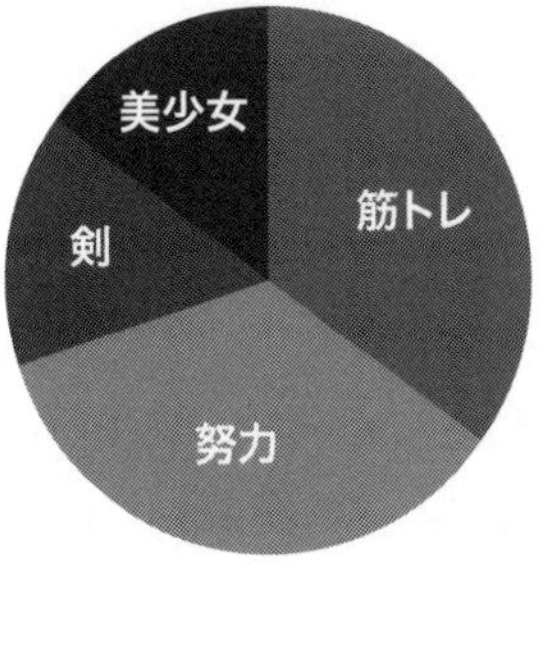

借金少年の成り上がり～『万能通貨』スキルでどんなものでも楽々ゲット～（著：猫丸　イラスト：狐印）

両親と何不自由なく幸せに暮らしていた少年、ベルハルト。しかしある日、両親が忽然と姿を消した。理由も分からず、糊口をしのぐために薬草を売り貧しい生活を続ける少年は1年後、両親の消えた理由を知らされた。

「ベルハルトさんには負債があります」

返済に窮したベルハルトは、宝が眠っていると噂の山へ入り、凶悪な魔物に襲撃されて死の淵を彷徨うことに……しかし、死を覚悟した少年の運命を変えたのは、突然入手したチートスキルだった。

お金さえあれば何でもできる『万能通貨』で、少年は借金生活を乗り越えていく！　ケモミミ美少女と共に歩む返済×冒険×ラブコメ乞うご期待……です。本作は自分が初めて投稿した作品かつ、初めての書籍化作品です。

この作品はファンタジー小説が好きで憧れていた自分が、「ネトゲの課金要素と異世界を組み合わせたら面白いのでは？」という構想を抱いたことから生まれました。貧しい主人公がお金でなんでもできるスキルを手に入れたら一体どうなるのか。ぜひ手に取ってください。

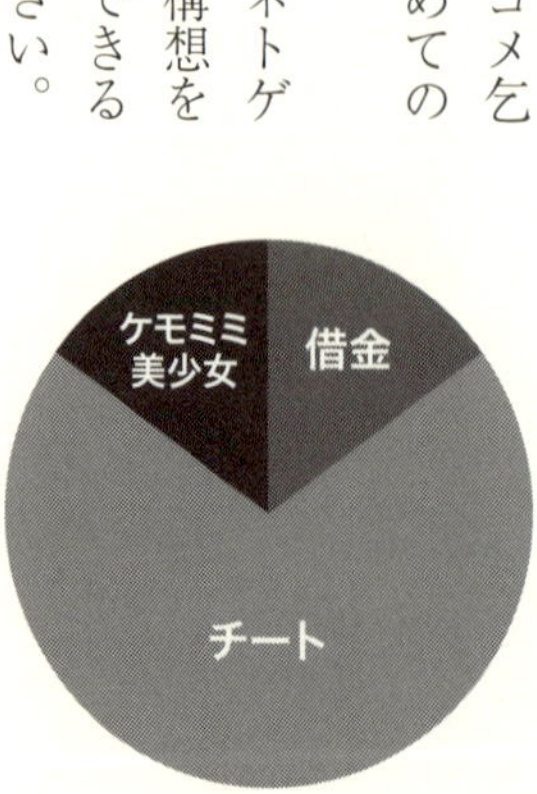

魔王に育てられた勇者の息子の俺が、お姫様の専属騎士に任命されました。（著：スフレ　イラスト：猫猫 猫）

「……キミ、何者なの？」

「俺は――魔界最強かな？」

「魔界……？　ふ、ふふふっ、キミ、本当に面白いな！　ねぇ、キミ。名前はなんて言うの？」

「俺はエクスだ。お前は？」

「ボクはフィリス。フィリス・フィア・フィナーリア。ねぇ、エクス――ボクの専属騎士《ガーディアン》になってよ」

「がーでぃあん？　それが何かは知らないが無理だ。俺にはやることが――」

「だ～め」

　フィリスが俺を抱きしめる。逃がさない……と、態度で表しているようだ。

　そして、彼女は背伸びをして俺の耳に顔を近付けると、

「拒否権はないよ」

　妖しく囁いた。

　人間界に送還された魔界最強の男が、お姫様の専属騎士として大活躍！

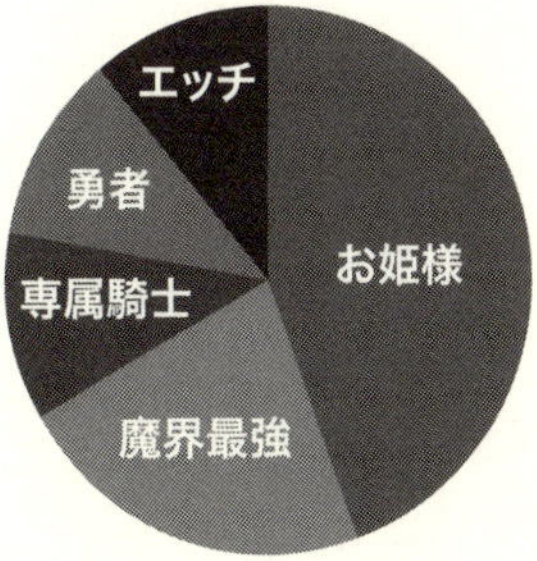

流星の山田君　ーPRINCE OF SHOOTING STARー（著：神埼黒音　イラスト：姐川）

若返った昭和のオッサン、異世界に王子となって降臨――！　不治の病に冒された山田一郎は、友人の力を借りてコールドスリープ治療を受けることに。

一郎が寝ている間に地球は発達したＡＩが戦争を開始し、壊滅状態に。

たゆたう夢の中で、一郎は願う。来世では健康になりたい、イケメンになりたい、石油王の家に生まれたい、空を飛びたい！　寝言は寝てから言え、としか言いようがない厚かましい事を願いまくる一郎であったが、彼が異世界で目を覚ました時、その願いは全て現実のものとなっていた。

一郎は神をも欺く美貌と、天地を覆す武力を備えた完全無比な王子として目覚めてしまう。

意図せずに飛び出す厨二台詞！　圧巻の魔法！　次々と惚れていくヒロイン！　本作は外面だけは完璧な男が、内側では羞恥で七転八倒しているギャップを楽しむコメディ作品です。ＷＥＢ版とは違い、1から描き直した完全な新作となっております。

平凡な日本人である一郎が、異世界を必死に駆け抜けていく姿を楽しんで頂ければ幸いです！

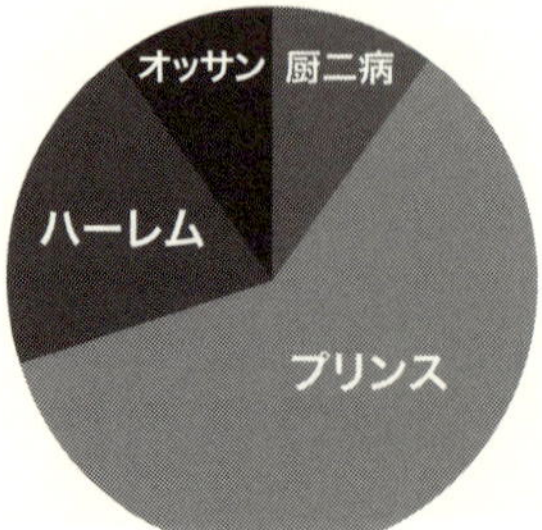

EARTH STAR NOVEL

魔王に育てられた勇者の息子の俺が、お姫様の専属騎士に任命されました。

発行 ―――――――― 2018年7月14日　初版第1刷発行

著者 ―――――――― スフレ

イラストレーター ――― 猫猫 猫

装丁デザイン ―――― 舘山一大

発行者 ――――――― 幕内和博

編集 ―――――――― 古里 学

発行所 ――――――― 株式会社 アース・スター エンターテイメント
〒107-0052　東京都港区赤坂 2-14-5
Daiwa 赤坂ビル 5F
TEL ：03-5561-7630
FAX：03-5561-7632
http://www.es-novel.jp/

印刷・製本 ―――――― 中央精版印刷株式会社

ISBN 978-4-8030-1213-2